시 쓰는
이야기,
두 번째

시 쓰는 이야기, 두 번째

박정규 지음

1. 시를 새롭게 써보려는 이들이 대상이다. 시 창작에 필요한 학술적 이론의 큰 덩어리(大綱)를 책에 담았다. 또 그 적용의 기능적 방법에는 정서적 부분의 비중을 가볍게 하지 않았다. 모든 관계는 말로 시작되어 깊어지는 것이 보통이고, 시詩는 존재들이 맺는 관계의 설렘을 이야기하는 것처럼, 시를 쓰게 하기 위한 방법제시에서 이론적 서술과 감성적 접근을 함께 시도했다는 뜻이다.

2. 한글 전용專用으로 썼으면 좋았겠으나, 오히려 한자와 기타 외국어의 병기倂記, 겸용兼用을 망설이지 않았다. 뜻의 오독誤讀을 막는 한 방법이다.

3. 저서명은 겹낫표(『』)에, 시 제목은 낫표(「」)에 넣었다. 시 내용은 꺽쇠(<>) 안에 이어서 썼고, 이때 시 행의 구분표시는 빗금표(/)로 했다. 따옴표를 붙인 곳은 강조의 부분이며 괄호 안의 내용은 뜻의 보완補完이다.

4. 주註는 내용부기內容附記로 미주를 붙였다.

5. 문장맥락의 세세한 파악은 책 뒤 찾아보기가 도움이 될 수 있다.

6. 인용한 내용은 반드시 그 출처를 밝혔다. 혹시 의도치 않게 생략된 부분이 있다면, 그것은 이미 독자의 사색습관 속에 보편적 인식으로 자리 잡았다고 여겼기 때문일 것이다.

시와 노래로,
세상이 더 아름다워지기를 바라는 이들에게.

들어가는 말
─책을 관통貫通하는 의미의 포괄적包括的 설명

『박정규의 시 쓰는 이야기』(한국학술정보, 2008)를 이 책의 원간
본原刊本이라고 말하고 싶다. 이 책에 그 내용의 확장과 보완의 성격
을 포함시켰기 때문이다.

시를 쓰지만, 당시 가르치는 선생이 아니었는데, 시 쓰는 방법을
이것저것 묻는 몇몇이 있었다. 시 창작의 체계적 학습기회를 가져보
지 못한 사람들이었다. 형식과 내용이 조화롭게 어우러진 글을 정말
잘 써보고 싶어 하는 이들이기도 했다. 질문할 곳이 마땅치 않고, 들
여다봐주는 곳도 없다는 그 답답함과 간절함 앞에 묵묵부답일 수가
없었다. 그렇다고 적극적인 반응을 보이기도 난처했다. 창작훈련과
관련독서의 경험은 글쓴이가 훨씬 많았을 것이다. 그러나 그 축적을
얼기설기 엮어놓았을 뿐, 집대성集大成한 상태가 아니었고, 또 그들의
초점에 내 자신이 어떤 시인으로 맺혀져 있는지도 궁금하지 않았다.
번거로웠다는 뜻이다. 그런데 이상하기도 하지. 형식도 없이, 때로는
선문답하듯 한 번씩 답변해주는 동안 마음에 변화가 왔다. 이것도
사람을 섬기는 한 방법이 될 수 있다면 조금 더 많은 사람들과 나눠
보자는 심정이 됐던 것이다. 그렇게 그 책 쓰기를 작정했었다.

나중에 생각해보니 그런 시도 자체가 허영심이었다. 제대로 섬기
고 나누고 돌보려면 더 확실하고 구체적인 준비가 필요했건만, 일단

쓰고 보자는 마음의 겅둥거림에 서두르고 말았다. 섬김과 나눔은 '돌봄의 행위'로 구체화된다. 마찬가지로 그 책이 시 창작법의 구체적 형상이 되려면 실제의 시 창작에 응용하고 참작할 수 있는, 확실하고 분명해서 효과적인 방법이 더 많이 담겨 있어야 했다. 그것이 온전한 시 창작으로 이끄는 돌봄이었을 텐데, 책 발간 후 글쓴이의 입장에서 한 번씩 들춰볼 때마다 아쉬움을 버릴 수 없었다. 부족했다는 뜻이다. 비록 시 창작에 적용할 것들이 어렵지 않게 제시됐지만 보완해야 할 부분이 많았다. 특히 대화체의 어투는 내용을 진지하게 다루지 않는 것 같은 느낌을 줬다. 그 책의 편집 당시에도 어투의 수정제안을 받았지만, 굳이 대화체를 고집한 이유가 있었다. 시쓰기가 어렵다고 지레짐작하는 이들에게, 시 쓰는 일에 무슨 대단한 폼(form)은 필요치 않으니 편히 다가서도 된다는 손짓을 보내보고 싶었던 것이다.

이런 이끌어줌이 처음 관심을 보인 이들에게는 제법 효과가 있는 것 같았다. 그런데 그것은 또 무슨 마음의 발동이었는지. 그런 시간이 조금 흐른 어느 날 문득, 시에 친근해진 어떤 사람들에게, 시 쓰는 일이 어려운 일은 아니지만 설렁설렁 써도 된다는 인식을 심어주었다면, 글쓴이로서의 무책임이라는 생각에 붙들렸다. 이것이 두 번째의 시론집을 쓴 이유이다.

재료와 관점에 달라진 부분이 많다. 너무 인스턴트instant한 부분은 건져냈고, 빼먹었던 재료와 양념을 더 추가했으니 아마 다른 음식이 됐을 것이다. 식사와 조리법도 슬로푸드slow-food 방식이다. 천천히 맛을 음미하고 섭취한 내용을 되새김질로 다시 소화시킨다면, 시 창작 방법에 진일보進一步의 유익이 있을 것이다. 다만 추가된 재료와 양념이 낯설지 모르겠다. 조금 질긴 재료가 섞였고, 글쓴이의 의식과 정서 속에서 오래 숙성된 향이 추가됐으니 전혀 다른 느낌의 맛일 수도 있겠다. 들척지근해서 쉽게 삼켜졌을 처음의 어투도 조금 딱딱한 일반적 서술체로 바꾸었다. 추가된 첨가물들은 나름 독특한 관점의 재료들인데, 말랑말랑하지 않더라도 이를 곱씹어 맛을 되짚어볼 수 있으면 시를 읽고 짓는 안목이 훨씬 깊어지고 넓어질 것이다.

『박정규의 시 쓰는 이야기』는 읽지 못했고, 시 창작 경험도 많지 않은 사람이 어찌어찌하다가 이 책을 펼쳐들게 됐을까? 즐겁게 읽을 수 있기를 바란다. 문장의 뼈대를 세우고 알맞게 살을 입히는 방식(composition and conception)과, 글을 쓰는 의미와 이유의 인식이 환해질 것이다. 각 문장의 행간에 스며들어 있는 공명에도 귀가 열린다면 시를 향한 정서 역시 넉넉하고 풍성해지리라.

혹시 '시를 향한 정서의 넉넉함과 풍성함'이란 말의 뜻이 막연할지. 굳이 사르트르의 희곡에 사용된 "타인이 지옥"이라는 대사臺詞를 예로 들 필요는 없겠지만, 내가 좋아하는 색깔을 덧씌운 선글라스를 벗고 대상을 '있는 그대로' 보며, 자신의 민낯까지 보여줄 수 있는 힘을 말한 것이다. 이것은 능력이다. 자타自他에게 절대적 정직함을 요구하는 큰 용기이기 때문이다.

사람의 경험차이는 분명히 있다. 그러나 절대화할 수는 없다. 겪어본 범위의 넓고 좁음, 높고 낮음, 깊고 얕음, 시간의 길고 짧음을 비교할 뿐이다.

글쓴이 역시 갖가지 사연과 뼈저릴 정도의 절박함도 맛보았는데, 누군가와 이야기할 때는 그 우여곡절을 다 꺼내놓지 않는다. 그냥 나름대로 겪었다고만 말한다. 자신의 겪음을 타인의 입장이나 관점보다 앞세운들 그것은 개인이 설정한 주관적 범주일 뿐임을 알기 때문이다. 주관적 범주에서 만드는 명제는 억지가 될 수 있다.

어찌됐든 그 시간 속에서 마음이 피폐疲弊해지고 상할 때가 많았다. 관계성이 헝클어진 경우도 있었다. 그 상태에 계속 머물러 있기가 싫었다. 치유가 절실했고 수단을 선택해야 했다. 적극적인 글쓰기였다. 그때의 상황은 고립무원孤立無援과 같았다. 거기 붙들려 있지 않으려고 애쓸 수 있는, 할 줄 아는 방법도 사실은 독서와 글쓰기밖에 없었다.

그런데 이 실행의 결과가 놀랍다. 환경이 조금 달라지긴 했더라도 지금은 어지간한 일에 마음의 균형을 잃지 않는다. 사람과 사람의 사이에서 예전 같으면 마음 상했을 일도 '그러려니' 할 뿐이다. 간혹 무찔러버리고 싶은 '마땅치 않음' 앞에서도 넘쳐버리지 않는다. 좌우로 치우치지 않고, 어떤 현상에 마주치든 진퇴가 자유롭다. 강박감(complex)을 아주 떨쳐내지 못했으나 마음이 출렁일 때도 표시하지 않으며 태연할 수 있다. 이 태연泰然이라는 말은 능청떨기나 자기기만이 아니다. '있는 그대로의 나'를 볼 수 있고, 그 '어찌할 수 없는 나'를 받아들이게 됐다는 뜻일 뿐이다.

이런 치유와 회복에 관한 이야기를 책에서 잠깐씩 듣게 될 것이다. 책 내용에 따뜻함을 우려내주고 윤기를 잃지 않게 할 첨가물 재료이기도 하다.

누구인가 내 이야기를 들어주고, 내가 누군가의 이야기를 들어주는 것. 사실 이런 유익은 글쓰기를 통해서 얻는 전체적인 유익에 비하면 아주 작은 부분일 수 있다. 까닭에, 어떤 목적이든 글을 써보려는 이들에게 말해준다. 글 쓰는 일을 학문적 접근으로 여길 수도 있겠지만, 사실은 쓰는 일 그 자체의 실제적 즐거움이 더 크다고. 이는 글을 써보려는 시도 자체만으로도 표피적 앎에 만족하는 딜레탕티

즘(dilettantism)을 넘어설 수 있다는 뜻이다. 또 이런 인식을 받아들이는 사람들에게는 함께 써보자고 하는 경우도 많아졌다. 이 '함께'라는 말은 서로 더불어 전수傳受하고 취득取得한다는 의미의 함축이다.

글쓴이가 이들에게 작은 이정표 역할을 할 때는 결코 빠른 지름길로 내달리라고 하지 않는다. 다만 진선미의 목적지에 적확的確하게 닿게 해주고 싶을 뿐이다. 무심코 표시하는 기호(sign)나 기의(signify)가 아니라 기표(signifiant)로 나타내는 신호를 독자가 분명하게 포착하고 의미를 부여하며 읽을 수 있는 시를 쓰게 하고 싶다.

『시 쓰는 이야기, 두 번째』는 아직 시 창작이 어색하거나, 여태껏 해온 시 창작 학습법에 식상食傷한 이들이 최우선 대상이다. 쉽게 풀어서 썼다. 물론 이 책에는 시 창작학습서의 전문적 내용이 담겨야 한다는 전제가 붙어 있다. 문예창작학과의 교재 중 하나로도 사용될 것이다. 내용이 깊이 다루어진 곳과 어려운 말들도 등장한다. 그곳을 어렵다며 그냥 지나치면 소득은 생기지 않는다. 잘 이해가 되지 않는 부분들은 반복해서 읽어보기 바란다. 문장이 뚫고 갈 통로가 열리고 이해의 폭도 훨씬 넓어질 것이다. 서술의 방식을 점층(gradation)으로 했기 때문이다. 책에 적용된 점층법漸層法은 의미의 연결과 확장이 반복됨이라고 이해하면 접근하기 쉬울 것이다. 앞 단원의 중요한 이야기를 다음의 어느 단원에서 다시 들려주는, 즉 하나의 의미가 반복해서 겹쳐져 스며들어 차츰 인식에 새겨지게 하는 것을 말한다. 책 뒤의 찾아보기에서 맥락을 확인해보는 것도 도움이 될 수 있다.

글쓴이는 오랜 세월 시 창작학습을 해왔다. 그 과정에서 확립해놓은 흔들리지 않을 이론적 주관이 있다. 그렇더라도 도움이 됐던 여러 이론서의 내용을 책에 '같이' 적용시켜보는 것도 좋은 방법이라고 생각했다. 오케스트라를 예로 들어서, 오보에 수석주자首席奏者의 역할을 사양했다는 뜻이다. 관현악단은 연주하기 전에 모든 악기를 튜닝(tuning, 調律)한다. 오보에 수석주자가 '라'음을 불어주면 목관악기(플룻, 클라리넷, 바순)에 이어서 금관악기(트럼펫, 호른, 트럼본, 튜바)가 조율한다. 다시 '라'음을 불어주면 현악기(바이올린, 비올라, 첼로, 더블 베이스)들이 순서대로 튜닝을 한다. 오보에의 'A' 음이 기준 音이 되는 것이다.

이 책도 처음에는 글쓴이의 이론적 주관을 기준으로 조율하고 싶었다. 그러다가 오히려 지휘자의 역할이 낫겠다는 생각이 들었다. 다채로운 소리 취합聚合의 필요성 때문이었다. 그 악기들의 연주를 독자입장에서 재해석해보고, 그 소리가 가슴을 울리기에 부족할 때는 글쓴이의 이론적 주관으로 지휘하여 정돈했다. 의미의 보충(typological interpretation or allegorical interpretation) 역할을 말한다. 견실하게 다지고 모자람을 채운 것, 또 각 악기 소리의 아름다움이 어느 한 부분에만 치우치지 않도록 주의하는 것도 잊지 않았다. 책 내용의 균형이 어긋나거나 일방성의 절대화를 피할 수 있는 최선의 방법이라고 여겼기 때문이다.

이렇게 써내려간 이야기를 그대는 가벼운 마음으로 즐겁게 읽어주기 바란다. 마음이 가벼우면 얽매이지 않는다. 즐거우면 집중할 수 있고 귀와 눈은 그 집중한 부분을 우리의 의식, 즉 뇌의 전두엽에 더 쉽게 운반해서 심어준다. 특히 전前전두엽(prefrontal lobe)에 심어지면 이 의식이 감정의 비약을 이성과 논리로 정돈시켜줄 것이다. 보편성과 설득력을 지닌 정서로 숙성시켜준다는 뜻이다.

한 가지를 더 말해두어야겠다. 사실 시 창작이 무슨 거창한 일은 아니다. 다만 이 세상의 세계에는 '시 정신'이라는 것이 존재하고, 이것은 우리 삶의 태도와도 연결돼서 작용한다는 것을 알아둘 필요가 있다. 다음의 설명으로 그 개념이 보다 명확해질 것이다.

생애의 길을 걷는 것은 누구라도 같다. 각자에게 허락된 시간의 길을 걸어가는 동안 육체의 고달픔—生老病死—과 생활 속의 정서, 즉 마음의 기쁨과 화가 치솟는 괴로움과 슬픔의 고통과 가끔 맛보는 즐거움—喜怒哀樂—까지 다 껴안고 가야 한다. 피할 수 없다. 시시각각 좋고 나쁨의 반응을 할 수 있을 뿐이다. 이 태도가 쌓여서 삶의 흔적이 된다. 다른 사람의 기억에 남아 역사가 되는 것이다. 우리는, 누구라도 그러하듯이, 이 흔적이 남겨진 자리에 얼룩 자국이 남지 않기를 바랄 것이다. 이런 상태와 현상 속에서 기쁨과 즐거움은 '함께' 누리고, 고통과 괴로움은 '홀로' 끌어안아 쓰다듬을 수 있는 의식, 이것이 글쓴이가 이해한 시 정신이다. 머리가 아니라 가슴으로 대상에게 다가서는 일, 누가 알아주든 말든 상관하지 않는 것, 그래서 고고孤高하다. 고고하면 마음을 청결히 할 수 있다. 두 마음을 품지 않는다. 절대가치에 나를 일치시킨다. 이런 의식을 문자언어로 '아름답게' 옷 입혀서 형상화시킨 것이 진정한 의미의 시라고 말할 수 있다. 이때 우리의 정신과 정서는 더욱 맑게 승화된 빛을 발휘하게 될 것이다.

혹시 누군가는 외부에 노출할 수조차 없는 마음의 깊은 상처와 열등감을 부둥켜안고 있을까? 그 또한 시 쓰는 일을 통하여 치유와 회복의 기회를 만날 수 있다고 말하고 싶다. 시를 통해서, 문법적으로는 맞지 않는 어법이지만 요즘 흔히 쓰는 말처럼, '완전 소중한 나(self being)'를 만날 수 있기 때문이다. 종교적 의미로는 창조주와 일대일의 대면으로 소통할 수 있는, 내 존재성이 추구해야 하는 가치와 의미를 확인한다는 뜻과 같다. 이것은 분명한 사실이다. 시詩이든, 종교적 절대대상이든, 그 앞에 내가 '민낯'을 내놓을 수 있는 것은 진실하고 정직한 관계성이 맺어졌다는 뜻이다.

끝으로 덧붙여두겠다. 어떤 책이든 읽다보면 싫증날 수 있다. 이 책에서도 그럴 경우가 생긴다면 어느 한 부분을 펼쳐서 소리 내어 읽어보기를 권한다. 그 리듬감을 맛보는 순간 틀림없이 새로운 기분이 들 것이다.

글쓴이가 외부에 내보일 문장을 작성할 때에는 반드시 가락을 신경 써서 배치한다. 까닭이 있다. 첫째는 운율에 익숙해 있기 때문이고, 둘째는 독자를 지루하지 않게 하기 위해서이다.

포우(Edgar Allen Poe)는 시를 가리켜 "미美의 운율적 창조"라고 했다. 시 창작자들이 잊지 않아야 할 규범이다.

운율에는 팔딱거리는 생동감이 있다. 이 팔딱거림에서 살아 있는 공명이 발생한다. 모든 아름다운 것들은 다 그 생명력 속에 균형 잡힌 리듬감을 지니고 있다. 리듬(rhythm)은 질서를 벗어나지 않는 운동력, 즉 잘 정돈된 힘을 말한다. 삶의 태도가 활달하려면 이 말도 꼭 기억해두기 바란다. 창의적으로 확대 비약해서 해석해보면, 미의 궁극점인 형식과 내용의 일치를 만들어주는 부분에서도 리듬은 중요한 역할을 한다. 질서를 벗어나지 않는 이 운동력이 조화를 발생시키기 때문이다. 더구나 '아름다움'이라는 꽃은 이 조화의 바탕에서만 만개滿開(아주 마음껏 활짝 피어나는)하는 특징을 지니고 있다. 이를 잊지 않으며, 이제부터 실제 행함의 길로 나아가보기로 하자.

2018년의 봄
美宇詩舍에서 박정규

차례

제 1부

시 쓰는 일의 가치

1. 몸과 마음의 태도

관계성에서 자타에게 나타내는 태도가 몸가짐이다. 외부에서 받는 감각에 어떻게 반응해야 한다는 인식습관과 연결돼 있다. 언어를 배우고 글을 읽기 시작할 때 새겨진 마음의 흔적(소중히 여김을 받았거나, 상처받은)이 우선적으로 작용하는데, 불특정 다수를 향한 일상적 정서표출을 누군가는 수용과 호의로, 또 다른 누군가는 배척의 무표정으로 드러내기도 한다.

이런 개인의 마음상태는 혼자만의 비밀이다. 타인은 알 수가 없어서 그 몸짓으로 그 상태를 살펴볼 뿐이다.

사람이 지닌 가치관의 외부적 작용은 마음의 태도가 지배한다. 그 의식이 그 삶의 방식을 결정하는 지침이다. 밖에 표시되지 않고 내면에 잠재해 있다가도, 어떤 피치 못할 상황에 마주치면 그 삶의 태도와 본색이 그대로 드러나는 경우를 볼 수 있다.

시를 쓰거나, 써보려는 마음을 가진 사람이라면 이 부분을 깊이 생각해야 한다. 우리 역시 그런 상황에 마주쳤을 때, 몸가짐의 태도와 정서는 무엇에 초점을 맞춘 모습이어야 할지, 그 상황에 반응하는 심금心琴의 소리를 어떻게 발성시켜야 할지, 관계의 상대들이 펼쳐놓은 그 안목의 스크린에 어떤 영상을 보여야 할지.

시대적·사회적 가치기준의 관점은 때에 따라 달라진다. 그러나 사람의 됨됨이를 살펴보는 보편적 기준의 틀이 몸가짐의 태도임은 바뀌지 않을 사실이다. 그것으로 한 대상이 품고 있는 심사를 대부분 가늠할 수 있다.

시를 읽고 쓰노라면 자신의 언행심사가 어떠해야 할지 반성의 그림이 그려진다. 시 창작은 마음의 태도를 정직하고 청결¹)하게 만들어가는 체험인 까닭이다. 경전을 읽고 필사하는 것과 다르지 않다.

청결에는 신독愼獨²)의 뜻이 함축돼 있다. 두 마음을 품지 않으며, 어떤 상황 앞에서든 자기 본질과 다른 냄새를 풍기지 않고, 또 누가 보든 말든, 알아주든 말든 상관하지 않을 수 있는 고상함을 말한다. 시인의 마음은 이런 것이다. 두려움 없이 자아를 절대가치에 일치시킨다.

삶의 길에서 만나는 모든 대상의 존재이유와 의미(비록 하찮게 여겨질지라도)를 인정해주는 것이 '시를 쓰는 마음'이다. 마주치는 갖가지 현상 앞에서 말과 태도의 신실信實함을 잊지 않아야 행할 수 있다. 모든 존재의 특질에서 가장 아름다운 것들을 건져내어 문자언어로 형상화하는 것이 '시 쓰는 일'이기 때문이다. 절절한 체험이 이를 더욱 확고하게 만들어준다. 절절함에는 어긋난 것을 잘라내서 바로잡아 붙여야 열매를 얻을 수 있다는 깨달음이 포함돼 있다. 옛글에도 절절해야 시라고 말한 것처럼, 이런 체험의 기억이 우리를 좋은 시를 쓸 수 있을 길로 이끌며 깨우쳐 줄 것이다.

"배우려는 자에게는 학문의 방식을 깨우쳐주는 것이 필요하다. 그러나 깨우쳐주는 것은 스스로 깨닫는 것에 미치지 못한다."

왕양명3)의 이 말은, 하나를 '제대로' 배우면 열이나 백을 깨우치는 이치에 닿을 수 있다는 뜻이다. 가르치는 자가 아무리 깨우쳐준들(어긋난 것을 바로잡아준들) 배우는 자가 깨닫지 못하면 가르치는 일에 보람이 없다.

"시에 있어서는 무릇 자득自得이 귀하다"는 이규보4)의 말도 같은 뜻을 담고 있다.

그렇다면 우리가 시를 쓰는 동안 무엇을 깨우치며 깨달아야 할까? 가벼움과 얇음, 이기심과 독선이 넘치는 세상에서 시 쓰는 마음을 갖는 것이, 몸으로 시를 쓰는 일이, 시 정신의 실천이 정녕 삶을 깊고 풍요롭게 만들어 주리라고 어떻게 확신할 수 있을까?

시 정신을 잃지 않으면 사물의 이치를 탐구하는 실천적 철학자, 생각하는 사람의 태도가 몸가짐에 나타날 것이다. 사물의 본질과 실체를 깊이 관찰하는 과학자의 태도를 지닐 수 있을 것이다.

시인은 사물의 이치와 그 본질의 실체를 탐구하고 관찰하여 얻은 깨달음의 인식을 지닌 사람이다. 이 인식을 치유와 회복의 살아 있는 언어로 표현하는 시인의 삶은, 곧 사람다운 사람으로서의 삶인 것이다. 이처럼 시 쓰는 일은 삶의 가치를 북돋는 가장 고상한 수단이 될 수 있다.

문득 "삶의 목적에는 행복보다 아름다움이 선행先行한다"5)는 말이 떠오른다.

이제 이 명제를 더욱 확고히 할 수 있도록, 다음 단원에서부터 시 창작학습단계로 발을 내딛기로 한다.

2. 문학의 범주

보통 시, 소설, 희곡을 문학의 범주에 넣는다. 문학적 가치추구가 첫째 목적이다. 이 가치의 완성을 위한 표현수단은 형식과 내용의 일치를 으뜸으로 삼는다.

예전에는 수필, 기행문, 서간문, 일기문 등등을 잡문雜文이라고 일컫기도 했다. 어감의 느낌처럼 문학적 의미가 하찮다는 뜻이 아니었다. 형식에 정해 놓은 법칙이 없고, 그 내용이 어떤 사정에 얽매어 있지 않은 글을 말함이었다. 그런 의미에서 살펴보면 우리가 흔히 말하는 시나리오(연출을 통한 공연이나 상영목적의 특성을 지닌 각본)도 이 범주에 속한다.

그렇다면 시는, 시 창작은 무엇일까?

시는 크게 서사시와 서정시로 구분하지만, 사실 거의 모든 시는 서정시의 범주 안에 있다. 모든 관계성이 만들어내는 그리움을 시 본질로 삼는다. 간혹 그리움이 밖에 밀쳐진 형태가 나타나지만 이는 간절함과 그리움의 또 다른 현상표현일 뿐이다.

시 창작은 생애에서 가장 간절하게 말하고 싶었던 것과, 말하고 싶은 것과, 말해야 할 것을 운문韻文으로 형상화하는 일이다. 이 일에서 시적장치 적용의 방법을 습득하려는 것이 시 창작 학습이다.

표의문자 詩는 말씀 언言자와 절 사寺자의 결합으로 형성됐다. 절은 말하자면 도道를 닦는 장소인데, 도 닦음은 비움의 훈련이며 경건함에 닿는 여정이다. 시 창작에도 적용시킬 수 있다. 쓸모없는 언어는 다 걷어내고, 그 시 속에 꼭 필요한 언어만을 남겨두는 일 등이다. 이는 비움과 경건함에 닿겠다는 실천의지에 속한다.

이 실행에서 빠뜨리면 안 될 부분이 있다. 언어의 '거룩함'을 잊지 않는 것이다. 이 단어의 어감이 지금 그대에게 또 다른 종교적 연상 작용을 일으켰겠지만, 그 색안경을 벗고, 우리 일상생활과 전혀 상관없는 언어인지 한번 살펴보자.

거룩함은 '나' 혹은 '그'가 부여한 '어떤 의미'가 그 '공간과 시간 (宇宙)'의 상태를 절대적으로 지배하기를 원한다는 뜻이다. 예를 들어서 어떤 일에 내가 나름의 의미를 부여했는데, 타인들이 대수롭잖게 여기거나 무시해버리면, 우리 마음은 견뎌내기가 정말 힘들지 않던지. '실제'로 내가 부여한 의미가 대수롭잖을지언정, 내 존재자체가 무시됐거나 부정당했다는 '느낌'은 그 의미부여의 당사자인 '주격으로서의 나(I)'와 '목적격이 되는 나(Me)'를 얼마든지 괴롭힐 수 있다. 이를 대비시켜보면 언어의 거룩함을 사색하는 일이 낯설지 않을 것이다. 시어詩語에는 이런 의미가 부여돼 있다. 절대적 고유성과 존재성이다. 서정시의 특징이기도 하다. 모든 사물에 인격을 부여(사물에 인격을 부여하는 의인법(personification)은 이 책의 제4부 7단원에서 조금 더 상세하게 거론된다)해서 그 사물에게 살아 있는 존재성을 부여한다. 이 사실을 새겨두면, 일상 언어를 어떻게 사용해야 할지 인식을 더욱 깊게 할 수 있다.

시 쓰는 사람은 세상을 더 아름답게 변화시킬 수 있는 언어의 재창조자이다. 그 역할을 힘껏 감당해야 한다. 이 실천이 거룩함이다. 사람을 사랑하는 의무수행이다.

오랫동안 시를 써온 이들과 시 창작을 가르치는 사람들에게는 공통된 인식이 있다. 시는 인간의 총체적 경험이며 그 정서적 반응을 모두 담아내는 언어표현이라고.

먼저 시를 썼던 선인先人들도 같은 말을 했다. "시는 강한 감정의 자연스런 표출"(워즈워드)이며, "마음에서 우러나오는 것"(이인로)이라는 언급에서도 시의 본질적 특성을 알 수 있다.

그러니까 시는 인간의 가장 솔직한 마음이다. 감정이다. 대상에게서 받은 느낌을 가장 합당한 언어로 압축해낸 표현이다. 세계를 자기(시인)의 눈으로 보는 색채이다. 이 색채를 자기의 종이(가치관, 세계관)에 함축, 상징, 이미지에 담은 은유의 운문으로 그려낸다. 사물에게서 느낀 감각과, 경험으로 말미암은 정서와, 이것들이 숙성된 가치체계에서 만들어진다.

시를 쓰는 마음의 색채가 어떠해야 하는지 공자는 『논어』 위정 편에 "詩三百 一言以蔽之曰 思無邪"라고 정리해 놓았다.

사무사思無邪란 생각(마음)에 악함과 치우침(편견과 이해타산)이 없는 순수함을 말한다. 본질을 왜곡하거나 자기 잣대로 재단한 것만 기준이라고 주장하는 억지나 미성숙함은 여기에 포함되지 않는다. 모든 예술의 추구는 대상이 지닌 본질의 순수성 찾기라고 인식하면 이 부분에 어긋남을 발생시키지 않을 것이다. 시적대상이 지닌 순수성을 '있는 그대로' 그려낸 시는 충분히 사람의 심금을 울리는 도구(fork, key)로 작용할 수 있다.

3. 시적대상과 시적재료

　누군가와 살아가는 문제의 고달픔을 이야기할 때면, 우선 각자의 삶에 부딪는 현재를 말하게 된다. 그다음이 과거에 부딪던 일이고, 또 그다음은 나중에 부딪칠 일들이다. 경제, 교육, 문화생활과 역할 갈등 등등이 다 포함되는데, 그 주제의 핵심은 대체로 우리 삶을 고달프게 하는 '어떤' 문제 때문에 괴롭다는 것이다. 이때 우리는 '자기 존재감 증명'이 삶의 고달픔과 괴로움의 까닭이라고 솔직히 말할 수 있어야 한다. 이는 존재의 이유와 가치에서 떼려야 뗄 수 없이 연결돼 있다. 아리스토텔레스가 규정한 관계성의 범주에서 살펴보더라도 이것은 자기 놓임새(위치)의 확인이다. 즉 자기존재증명은 자기 삶에 의미부여의 명제가 될 수밖에 없다. 내가 반드시 행해야 할 의무실행과, 권리 충족욕구를 통한 자기존재증명이 우리 삶에서 발생하는 문제의 가장 큰 원인인 것이다. 의무실행에는 시간투자와 물질의 뒷받침이 필요하다. 내 존재가치의 증명에 절대적으로 요구되고 있다. 까닭에 삶을 감당해내야 하는 육체는 고달프고, 이는 다시 정서적 갈등의 문제로 이어진다. 육체의 고달픔(生老病死)은 경제와 연결돼 있으며, 정서의 문제는 희로애락과 맞닿아있다. 이것이 삶이고, 삶은 이런 사연의 연속인데, 이때 마주치는 사물과 만나는 대상 모두가 시적대상의 범위에 속하는 것이다.

　삶을 영위하기 위해서는 반드시 생업의 수단이 필요하다. 우리 대부분은 이 수단의 우월적 기능과 효율성을 추구한다. 만약 당사자가 이런저런 노력을 다했더라도 그것을 획득하지 못했다면 다음 세대는 어떻게 해서든 이를 획득하도록 도모圖謀해주는 것이 보통이다. 부모의 자식을 향한 인지상정의 본질이 그러한데, 그렇더라도 자식들의 삶을 살아가는 가치관이 달라서 부모의 그 방법에 호응하지 않으면 갈등이 발생한다. 꼭 이와 같은 예에 포함되지 않았더라도 사람 마음바닥을 들여다보면 이런 아픔과 분노와 어찌할 수 없는 포기와 수용의 안타까움을 살펴볼 수 있다. 쓸쓸한 일이지만, 이런 것들도 다 시적재료로 사용할 수 있다.

그렇다면 시는 무엇을 쓰는 것인가?

남송시대의 학자 주희는 자신이 살펴본 이런저런 인지상정의 성찰을 "시는 성정性情을 써서 나타내는 것"이라는 말로 남겼다.

性은 사람의 존재가치를 증명하는 인의예지신仁義禮智信의 도리를 말한다. 情은 마음의 작용(喜怒哀樂)을 일컬음이다. 상태와 상황과 현상 앞에서 각 개인이 실행하는 性의 모양과 반응하는 情의 모습으로 갖가지 사연이 발생한다. 이것을 운문의 문자언어로 형상화해놓은 것이 바로 우리가 쓴 시詩다.

시는 성정을 정돈해주고 관찰의 관점을 새롭게 만들어서 시야의 범위를 확장시켜준다. 삶의 의미를 다시 살펴보게 만든다. 우주만물이 일으키는 모든 현상이 내 영혼에 스며들어 익어서 언어로 발성될 때, 우리의 일상어는 시어로 승화되는 것이다. 물론 이 언어에는 격식과 조화라는 전제조건의 충족이 요구된다.

주자의 안목에서 격식은 도리였고 조화는 아름다움을 일컬은 것이었다. 性은 사람다운 사람으로 살기 위한 도리의 관철이며, 情은 삶의 희로애락에서 발생하는 미추美醜를 다 품는다는 뜻을 내포하고 있다.

우리는 삶에서 마주치는 모든 것들과 관계성을 맺는다. 사람으로서, 사람다운 사람으로 살기 위한 갖가지 사물과의 만남도 여기에 포함된다.

이 관계를 뜻있게 만들기 위해서는 합당한 질서가 필요하다. 상하관계의 규정이 아니라 온전한 호칭으로 대상의 존재성을 확인해주며 서로서로 어우러질 수 있는 조화를 말한다. 직職과 책責이 관계의 놓임새와 쓰임새를 규정하는 역할을 한다. 이때 이유 있는 관계성이 맺어지고, 그 관계성에 의미를 부여할 수 있다.

호칭으로 대상의 존재성을 확인하는 일은 누가 부르는, 불러주는 이름으로 하나의 사물이 새롭게 태어난다는 뜻과 같다. 이름으로 사물은, 그 이름에 합당한 존재성을 부여받게 되는 것이다.

지금 그대가 어떤 사물에게 이름을 붙여주었다면, 그 사물은 이름을 부르는 그대의 목소리로 새롭게 탄생한다. 그대가 짓는 이름으로 그 사물은 타인이 전혀 상상하지 못한 존재성을 드러내는 것이다. 혹시 착오나 무책임으로 불필요한 생명체를 만들어낼 염려 때문에 두렵기도 하지만, 한편으로는 신비로운 일이기도 하다. 마치 김춘수의 시 「꽃」에서 하나의 '몸짓'에 불과했던 '그'가 '꽃'이라는 이름을 부여받아 '새로운 의미'가 됐던 것처럼.

시적대상이란 내가 의미를 부여해서 이름을 짓고 불러줄 사물이다. 삶의 모든 우여곡절과 희로애락을 맛본 내 마음이 그 이름을 짓는다.

한 편의 시는, 삶을 살아내며 우리가 겪는 인지상정과 희로애락과 생활을 호소하는, 하나의 의미이다.

일렁이는 감정과 정신의 다스림은 늘 있는 일이다. 그런 일상에서 감정에 큰 파동을 일으키고, 정신을 번뜩이게 하고, 일상의 의미부여가 새로워지게 하는 대상에게 사로잡힐 때가 있다. 이 대상과, 그가 주는 의미에 합당한 이름을 짓고 싶어지면 시 짓기의 시작이다. 그 대상과 관계성이 생긴 것이다. 이때 먼저 할 일이 있다. 그 대상의 정보를 알기 위한 관찰(내면에서 발생한 것이면 마음의 성찰)의 실행이다. 대상에게 붙들린 마음의 처음 작용(감정의 출렁임, 정신의 번뜩임으로 얻은 새로운 발견 혹은 감각)은 대부분 주관적이고 일방적이기 일쑤이다. 타인에게는 납득불가다. 오직 대상을 세심하게 관찰해서 얻는 세밀한 정보만이 그 지닌 존재성의 가치와 의미를 새로운 관점으로 보편화(그 가치와 의미를 누구나 공감)할 수 있도록 도울 수 있다.

시는 관계성의 이야기이다. 시인이 말하는 사연(언어의 형상)을 독자가 공감(실감)할 수 있어야 존재가치가 증명된다.

시 짓기에서 관찰 다음의 필요사항이 치우치지 않은 관점이다. 균형감각이 요구된다. 이는 신실함의 형태를 갖추려는 바른 몸가짐과 같다.

시 창작에서 중요한 부분을 차지하는 것이 대상인식인데, 내게 포착捕捉된 시적대상을 언어로 바르게 형상화하려면 그 대상이 무엇인지 확신할 수 있어야 한다. 의미부여의 가치표시가 더 분명해질 수 있다.

한 편의 시를 쓰려면 대상의 존재가치를 증명할 '무엇'이라고 하는 시적재료가 반드시 필요하다. 시 쓰는 사람은 누구나 다 시적재료를 찾아 헤맨 경험이 있다. 이때 시적재료를 거창한 것에서만 찾으려했을 때 그 일은 매우 힘들고 어려웠다는 것도 우리가 겪은 일이다. 살아가는 시간 속에서 우리는 작고 시시한 일에 마주치는 일이 훨씬 더 많다. 거기에서 여태 깨닫지 못하던 새로운 인식을 얻고, 그 소중한 발견의 의미를 적절한 언어표현으로 형상화하는 일이 시 창작이다. 그럴듯한(거창한) 시적재료를 찾으면 공허한 관념시가 될 위험은 오히려 커진다. 비록 사소한 시적재료만으로도 '있는 그대로'를 그린 '즉물卽物'의 시를 지을 수 있다. 모든 사물의 상태와 상황과 현상(낯설고 하찮은 것들까지도)은 다 시적재료로 사용된다.

"시는 세계의 감춰진 부분으로부터 베일을 벗겨낸다. 그리고 마침내 눈에 익숙한 사물을 처음 보는 것처럼 느끼게 한다."

셸리(Percy Bysshe Shelly)[6)의 이 말은 시의 본질을 꿰뚫은 언급이라고 감탄한 기억이 있다. 높은 인식세계의 경지에 닿아본 사람의 대단한 통찰력으로 느꼈다. 깊고 넓은 사색의 훈련과 대상을 세밀하게 관찰하지 않으면 할 수 없는 성찰의 흔적이다. 영국을 대표하는 시인은 많겠지만, 셸리는 그리스 전쟁에서 말라리아로 죽은 바이런(G. Byron)[7)과 함께 19세기 영국의 낭만주의를 대표하는 시인이었다. 둘 다 요절夭折이다. 그 삶을 마감한 방식도 애절하다. 짧은 생애였다. 많은 경험의 범위는 갖지 못했을 것이다. 그런데도 저런 말을 남겼다는 것은 천재의 감수성이 탐구해낸 또 하나의 성찰이었으리라.

이처럼 시인에게는 사람들이 미처 인식하지 못했던 미지의 것을 발견해내는 시력이 요구된다. 자신의 시각과 관점이 해석해낸 언어로 세계를 다시 형상화시키는 창조자이기 때문이다.

예술가의 창조물은 작품이고, 드러내고자 하는 의미가 작품성이다. 시의 가치 역시 문학성(nature of literature)에서 찾을 수밖에 없다. 시 문학성은 모든 예술행위로 구현하는 가치의 정점에 있기 때문이다.

시 창작은 이 세상의 세계에 속해 있는 사물(대상)을 관찰하고, 그 본질의 의미를 해석해내는 작업이다. 이 관찰의 관점과 해석은 시인의 절대주관일 수밖에 없다. 때문에 독자와 공감할 수 있는 길을 열어야 한다. 주관의 객관화이다. 소통을 위해서 반드시 필요하다. 이때 시적장치 사용이 구체적이면 시에서 막연함을 지울 수 있다. 독자가 시적의미에 동감하지 않더라도 그럴 수밖에 없겠구나, 납득하게 만든다. 구체성이 주관의 객관화에 통로가 된다는 뜻이다.

사물(대상)에게 받은 주관적 감각을 객관적으로 해석해서 제시하면, 그 존재의미의 독자성獨自性에 독자는 새로운 인식을 얻게 된다. 시인의 해석과 독자의 인식이 공감대를 만들면 시인이 보여준 사물의 존재본질에 또 다른 통찰이 이어질 수 있다.

사물의 세계는 끝이 없다. 우리의 인식작용은 사물이 지닌 미지의 부분을 다 헤아리지 못한다. 사물이 지닌 본질의 끝에 닿을 수 없다. 누가 거기에 조금 더 가까이 접근할 수 있었느냐는 차이가 있을 뿐이다.

시적대상으로 삼은 사물을 관찰하다가 새로운 의미를 발견했다고 하자. 이때부터 인식주체자와 새로 발견된 의미 사이에 관계성이 만들어진다. 이 관계성을 표현하는 언어가 가장 합당하고 적절한 자리에 들어서면 시가 된다. 사물(대상)에게 이름을 지어서 불러주며 특정한 의미를 부여한 것이다.

그러나 이것은 사물의 본질이 지닌 의미의 새로운 발견일 뿐, 그 존재의 본질 끝에 가서 닿은 것은 아니다. 피조물의 한계라고 할 수 있다. 아무리 탐구하며 애쓴다 한들 겨우 존재의 근원만 헤아려 볼 뿐이다. 확정하지 못한다. 다만 우리는 좋은 시를 쓰기 위해서 발견한 사물의 본질과 '좋은 관계성'이 맺어질 간절함을 가질 수 있다. 내 절대주관만 고집하지 않고 사물(대상)의 본질을 '있는 그대로' 보겠다는 것과 어떤 상태와 상황과 현상 앞에서도 얽매이지 않는 정신의 자유를 소망하는 것을 말한다.

다음 단원들에서도 이 부분의 이야기에 초점이 조금씩 모아질 것이다. 반복되는 부분도 있다. 이렇게 이어지는 점點들을 잘 잇다보면 우리의 창작 시에는 형식과 내용이 일치한, 즉 미美의 선線에 닿는 모습이 차츰 나타나게 될 것이다.

4. 시 언어의 본질적 특성

언어의 일차적 목적은 소통이다. 기호(sign)를 수단으로 삼는다. 여기에 사고思考를 개입시켜서 사물의 존재의미를 드러낸다.

시 언어는 한 걸음 더 나아간다. 기호(타자에게 보내는 자기 존재성이 어떠하다는 신호)를 뛰어넘어 '원래의 사물(자기 실존의 독자성 증명과 확인)'이 되려는 성질性質을 갖고 있다. 언어 자체를 자기 존재성으로 여기고 자기본질 인식의 분명한 뜻을 나타내려 한다. 사물의 껍질만 형상화하는 언어이기를 거부한다는 뜻이다. 사물과 일체감 지향指向을 자기존재 이유로 여긴다. 시 언어의 가장 본질적이며 고유한 속성이다.

사물은 언어를 통해서 자기 본질의 모습과 감춰진 내면정서의 형체를 드러낸다. 또 한편으로는 자신의 존재성을 표시하는 그 언어로부터 해방되려는 모순된 논리를 당연하게 여기고 있다. 때문에 이런 모순된 논리의 어법에 익숙하지 않은 시 창작자들은 그 고삐를 틀어쥐기 힘든 것이 사실이다.

이 단원에서는 이 부분의 대략大略을 먼저 이야기하겠지만, 시 언어의 본질적 '특성파악'에는 각 '존재속성'의 치밀한 관찰요구가 포함돼 있음을 다음 단원들에서 더 세밀히 살펴보게 될 것이다.

언어구성은 기의(signify)와 기표(signifiant), 이 두 가지 모양새로 형성된다. 기의는 기호(sign)의 내용이며 의미를 표시한다. 기표는 기호를 표현하는 성질이다. 의미 있는 음성이거나, 소리를 나타내는 형식(문자의 표기)으로 나타난다.

소통에 사용하는 의사전달 방식은 기의에 더 관심이 쏠린다. 의미

전달만 되면 형식에 구애받지 않는다. 누구에게 어떤 흥미 있는 이야기를 들었다고 하자. 나중에 생각해보면 그 언어표현의 방법(형식)보다 그 내용이 훨씬 더 가깝게 남아 있는 것이 보통이다.

일상 언어는 이렇게 기의가 힘을 발휘하지만, 시 언어에서는 오히려 기표가 관심과 주의력을 갖게 만든다. 그 자체의 고유성 때문이다. 최적의 언어형식으로 표현되기를 요구하고, 자기가 있어야 할 그 자리에 유일하게 존재하기를 원한다. 기표는 의미를 나타내는 단순한 도구가 아니다. 절대적이고 목적적인 존재의 고유성을 확보한 최상의, 최고의, 최적의 언어형식인 현재의 실존이다. 그 형식에 내용이 일치하기를 추구한다.

시를 써본 사람은 누구나 같은 경험을 해봤을 것이다. 최적의 기표가 내뿜는 힘과 잡아당기는 흡인력이 다른 기표로 대체되었을 때 그 시의 울림이 스러지던 일.

시 창작에서 기표의 대체代替나 부연敷衍의 욕구는 걸러내지 못한 앙금 때문일 수 있다. 정신이 아직 자유롭지 않다는 뜻이다. 이런 상태에 붙들려 있으면 그 창작하는 시들의 대부분은 형식적이거나 감상적이거나 혹은 아포리즘의 시늉을 하기 일쑤다. 당사자들은 부인하거나 모를 수 있다.

다시 말해서 앙금은 없는 듯하나 마음에 있고, 아무렇지 않게 지운 듯하나 여전히 속에 살아 있는 응어리들을 말한다. 이 앙금을 말끔히 걸러내려면, 우리들 대부분은 대체불가(이를테면 혈육과 같은, 골수에 스며든 이념에 붙들린)의 관계성으로 말미암은 기쁨과, 또 한편으로는 그로 말미암아 상처받은 기억의 끈들에 묶여 있다는 이 사실을 인정해야 한다. 이는 반드시 극복해내야 하는 부분이고, 이를 인정해야 극복할 수 있다. 시를 통해서, 기표로 토해내는 호흡을 통해서, 차츰차츰 그 얽매임과 붙들려 있음을 걷어내면 우리는 그때에야 비로소 정신의 자유를 획득했다고 말할 수 있을 것이다.

이렇게 정신의 자유를 획득하고, 내면인식에서 발성되는 소리를 잘 들을 수 있게 되면, 이를 어떻게 시 언어로 유용하게 다룰 수 있을까?

제일 먼저 그 발성되는 언어에게 최고의 사랑과 정직한 의미를 부여할 수 있는지 살펴봐야 한다. 이는 매우 중요한 부분이다.

시적대상을 관찰하노라면 새로운 인식이 발생한다. 이 인식(감각, 성찰)을 자꾸 형상화시켜보고 싶다. 그런데도 표현할 언어가 마땅치 않으면 이룰 수 없는 사랑과 같다. 아무리 안타깝더라도 그 대상의 존재성은 내게 구체적 실체가 아니기 때문이다.

이 대상을 구체적으로 형상화하는 방법은 무엇일까? 의미부여를 어떻게 해야 할까?

김춘수8) 시인의 시 「꽃」을 예로 들어서 더 이야기해보자. 이 시에서 '그'는 분명 존재하는 대상이다. 하지만 내가 그에게 관심을 갖지 않을 때는 '그저 그냥 그런' 무의미의 대상일 뿐이다. 그러다가 내가 다가가서 이름을 지어서 불러주고 그가 귀를 열게 되니 '그'는 비로소 어떤 특정한 '꽃'이라는 이름으로 살아났다. 이처럼 '그' 혹은 '나'가 명명되고 지칭되는 때를 일컬어 언어가 사물에게 존재성의 의미를 부여하는 순간이라고 말한다. 구체적 형상이 된다는 뜻이다.

시 창작은 귀에, 눈에, 마음에 스며들어온 대상(사물)의 이름을 짓고 언어로 형상화하는 일이다. 귀가, 눈이, 마음에 불러들인 사물에게 존재성을 부여해주고, 그 존재성을 독자에게 감각시켜주는 내면인식의 고달픈 이미지 창조행위이기도 하다. 그 사물이 아름답고 합당한 자리에 제대로 앉을 수 있도록 꼭 맞는 이름을 지어주고, 그 사물의 특질을 이미지로 형상화시켜서 독자에게 감각하게 하는 일. 이는 마치 아무나 사랑할 수 없어서 죽을 때까지 그런 대상을 찾아보겠다는, 눈 높고 고독한 사람의 아무도 알 수 없는 절절함과 같은 것이다.

위 단락의 끝 표현이 너무 튀어 오른 것 같다. 시는 쓰지만 이런 치열함은 없는 경우도 간혹 있는 것 같아서 비약과 강조의 과장어법을 사용해봤다.

치열성이 결여된 창작태도를 살펴보면 막연히 떠오른 상념을 글자로 끼적여 놓기를 잘한다. 혹자或者는 그것을 관념시라고 일컫기도 하는데, 거기 치명적 결함이 드러날 경우가 많다. 예를 들자면 선동했거나 단정 짓는 말을 했는데 상황이 바뀌어도 책임은 지지 않는 것이 그렇고, 절실한 체험에서 얻은 각성과 인지상정에 대한 최소한의 배려도 없이 생로병사와 희로애락의 상태를 말하는 것도 그렇다. 이런 도리道理를 따지지 않고 문장의 구조형태에서만 살펴보면 구체성 획득의 실패라고 말할 수 있다. 관념만 앞서 있고 체험적 요소는 들어가 있지 않으니 설득력을 발휘하기 어렵다. 공감대 형성이 어려울 것도 당연하다. 이런 글은 가치를 부여할 수 없다. 심한 말로는 그렇고 그런 시에 불과할 뿐이다. 독자가 시에 관심과 집중을 갖게 하려면 공감대가 형성돼야 한다. 이런 사실을 외면한 채 어설픈 장식 언어로 쓸데없는 의미의 확장을 일으켜버리면 중언부언重言復言이다. 쓸데없는 지껄임이 반복됐음을 말한다. 그 순간에 그 시 언어는 누더기가 된다.

운문이든 산문이든 문장을 써서 내보이면 반드시 자타에게 문학적 가치를 부여받아야 한다. 글 쓴 사람과 읽는 이 사이에 보편적 공감대가 형성돼야 가능한 일이다. '의미부여'의 문제이기 때문이다. 그 구체적 이유와 까닭의 납득에 따라 문장의 질은 대단한 차이를 나타낸다.

구체성은 관념이 아니다. 체험적 사실에서만 끌어올 수 있다. 체험적 사실은 어떤 까닭의 실재적 인과因果이다. 몸과 마음이 그 '까닭'을 경험했으니 설득력이 있고, 서로의 입장이 달라서 받아들이지 못할 때도 최소한의 납득을 끌어낼 수 있다. 최소한의 납득이란 비록 마땅치 않아서 혀를 찰지언정 그럴 수밖에 없겠구나, 하며 고개 끄덕임을 말한다.

누군가 체험의 바탕에서 쓴 글일지라도 경험의 범위가 다르거나 입장차이 때문에 마땅치 않을 수 있다. 그러나 그러할지라도 우리는 그것을 일컬어 정직한 글이라고 말할 수 있어야 한다. 이런 태도는 '있는 그대로'를 읽을 수 있는 능력이다. 치우치지 않는 균형감이기도 하다.

시는 직관언어이다. 정서의 주관적 표출이다. 일반적 경험과 사색의 범위를 얼마든지 넘어설 수 있다. 때문에 이 주관을 독자가 공감하게 하는 객관화가 반드시 필요하다. 공감작용의 통로를 여는 일이다. 억지강요가 아니라 납득과 수긍을 이끌어내는 일. 이런 공감대 형성은 시 내용과 형식의 보편성 획득으로 만들어진다. 시 쓴 이가 제시한 이미지와 알레고리를 독자가 실감하고 납득할 수 있어야 가능하다. 공감대는 목표점에 함께 갈 수 있는 관계성(rapport)을 만든다.

사회적 관계성에서 흔히 말하는 소통의 부재도 주관의 객관화에 무지하거나 미숙함 때문에 발생한다. 특징은 일방성의 절대화이다.

같은 공동체의 원활한 의사소통은 매우 중요하다. 통로가 막히면 공동체구성원 사이에 단절감이 생긴다. 서로 대단한 관계성에 묶여진 것이 아니라는 인식을 가질 수 있다. 단절감과 부정적 인식이 스며들면 서로에게 틈 벌어지는 것을 아무렇지 않게 여기게 된다. 소통이 무의미하다고 느껴진 상태에서는 진정한 의미의 섬김과 나눔을 기대할 수 없다. 이해타산만 앞세울 뿐, 듣지 않고 보지 않고 감각하려하지 않게 된다. 눈빛과 표정, 몸짓의 태도와 소리로 표시하는 호소의 신호를 무시해버릴 수도 있다. 오늘날 개인과 가정, 사회의 각 구조 속에서 발생하는 문제의 대부분이 여기에서 발생하는 듯 싶다. 사람과 사람의 사이를 살펴보고 겪어보고 생각하면서 끌어낸 글쓴이 사유思惟의 결론이 그렇다.

언어(sign)는 소통을 위해 사용하는 최우선의 도구이다. 이 기호는 사회구성원의 뜻이 서로 통(이해하고 납득)하도록 만든 시그널의 약속이다. 막힘이 없는 보편성과 객관성이 필요하다.

흔히 시 언어는 특별하다고 말한다. 반은 맞고 반은 맞지 않는 말이다. 일반적 언어는 사물의 사연을 설명한다. 의사전달이 주목적이다. 시 언어도 다를 것이 없다. 시인의 내면인식(말하고 싶은 사연)을 독자에게 전달한다는 의미에서 같다. 다만 시 언어에는 시어의 독특성이 나타날 뿐이다. 일반적 언어에 시적장치를 적용시키면 시 언어가 된다는 뜻이다. 리듬과 가락, 의미와 상징, 묘사의 차별성, 함축과 생략, 공간의 여백, 비유와 은유로 만들어진 이미지 등을 말한다. 사용법을 바르게 인지認知하면 시 창작에 적용할 수 있다. 훈련이 필요하고, 이 책을 통해서 그 부분의 바른 인지에 닿을 수 있지만, 이를 잘 적용하는 것과 좋은 시를 쓸 수 있는 노력은 오로지 그대의 몫이다.

언어 본질의 성찰 중에서 "언어는 존재의 집"이라는 하이데거

(Martin Heidegger)[9])의 말은 지울 수 없을 것이다. "언어가 존재를 건축"한다고 했다.

또 언어문제에서 움베르토 에코(Umberto Eco)[10])를 빼놓지 못한다. 그가 기호학의 천재라는 말은 아마 사실일 것이다. 『장미의 이름』이라는 소설에도 아리스토텔레스의 논리학, 토마스 아퀴나스[11])의 신학, 프란시스 베이컨(Francis Bacon)[12])의 경험주의 철학이 두루 적용된 것을 볼 수 있다.

이 밖에 여러 학자들이 언어를 언급한 내용은 많다. 그러나 하이데거는 언어가 지닌 순수하고 본질적인 면을 꿰뚫고 있었다. 언어가 소통도구이거나 전달매체의 수단을 넘어설 수 있다는 것. 이는 언어의 존재성(언어가 살아 있음을 스스로 증명하는)과 그 창조능력을 깨우친 통찰이다.

언어가 존재를 나타낸다는 것은 언어가 스스로를 존재로 인식하고 있다는 뜻이다. 사물 역시 스스로를 존재로 나타내고 싶어 한다. 그러나 언어가 그 사물의 이름을 짓고 불러주며 표현해서 존재성을 확인시켜줄 때만 가능하다.

시에서도 마찬가지다. 사물의 존재성을 구현具顯하는 일은 오히려 언어가 주도적 역할을 한다. 사물을 명명命名하고 불러 모아 하나의 의미로 탄생시켜주기 때문이다. 시 속의 표현으로 사물이 살아난다는 것은, 사물이 언어를 통해서 스스로를 존재로 인식시킨다는 말과 같다. 언어를 통해서 자신의 본질을 확인시키며 자기 존재성을 드러내는 것이다. 어떤 표현으로든 사물의 존재성을 확인시키려는 초현실주의 '오브제'[13])의 본질도 형태만 다를 뿐, 사실은 여기에서 벗어나지 않는다고 할 수 있다.

그대는 시 쓰기를 처음 시작한 사람일까? 위 내용들의 뜻이 명확하게 다가오지 않을지 모르겠다. 이 부분이 조금 더 환해지도록 숨고르기를 한번 해보자.

앞에서 예로 사용했던 김춘수 시인의 시「꽃」첫 번째 연에서 화자는, <내가 그의 이름을 불러주기 전에는/ 그는 다만/ 하나의 몸짓에 지나지 않았다>고 진술한다. 여기에 '그'라는 분명한 대상이 있다. 하지만 그는 아직 존재의 의미로 인식된 이름은 부여받지 못한 상태이다. 구체적 실체의 모습이 아니다. 화자의 인식 밖에 있는 사물, 즉 하나의 몸짓에 불과할 뿐이다. 그러다가 두 번째 연에서 이름을 부여받게 된다. <내가 그의 이름을 불러주었을 때/ 그는 나에게로 와서/ 꽃이 되었다> 이렇게 꽃이라고 이름 지어지는 순간, 그는 하나의 우주로 존재성을 부여받게 된 것이다. 이 세상의 세계에 그냥 존재하던 '그'의 본질이 달라졌다. 존재의 구체적 실체(이름이 있는)를 획득함으로써 그의 정체성이 '꽃'이라고 분명해졌다.

이처럼 시 언어와 일상적 언어가 다르지 않다. 어떤 언어가, 어느 한 대상을 특정한 존재로 명명할 때 시 언어가 되고, 그 이름을 지어준 시 언어는 존재를 향한 창조적 인식의 역할을 하는 것이다. 이 창조적 인식표현에 어긋남이 없는 말(언어)의 포착이 구체성 확보이다. 시어詩語는 시적재료로 삼은 대상을 시에서 꼭 필요한 존재로 살아나게 만든다. 이 존재의 분명한 정체성을 알릴 수 있는 것이 구체성 제시이다.

위 두 단락으로 숨고르기를 하면서 언어존재성의 뜻이 환해졌는지? 그렇게 믿고 시 언어의 본질적 속성을 계속 알아보기로 한다.

언어는 의사소통의 시그널이다. 소통을 위한 일종의 사회현상을 말한다. 말하는 사람이나 듣는 사람에게 동시개념화 된 약속.

시 언어 역시 정확성과 객관성을 먼저 요구한다. 이를 확보했다는 확신을 주지 못하면 허공에 뜬 시가 된다. 또 고정된 의미의 언어이어야만 사물의 정확성을 표현할 수 있다고 인식하면 좁은 틀에 갇힌 것이다. 그런 언어의 조합이 좋은 시가 될 가능성은 낮다. 언어가 위축되고 제한돼 있어서 창의성이 나타나기 힘들고 상상력 발휘도 쉽지 않다. 고정성을 지닌 언어에 매달려 있는 것은 기표보다 기의에 집착한다는 뜻이다. 언어 하나가 내포한 설명적 뜻을 뛰어넘어서 그 언어의 존재성이 발휘하는 선언의 의미를 받아들일 필요가 있다. 이때부터 사물의 감춰진 부분까지 시력이 확장되고, 세계 인식의 표현은 새롭고 활달해진다. 시인의 바뀐 인식이 사물의 세계를 새롭게 창조해서 표현하게 된다는 뜻이다.

위 내용과 뜻을 조금 더 깊이 숙지할 필요가 있다. 시 언어의 본질적 특성과 깊이 연결돼 있기 때문이다. 언어학자이며 비평가였던 리처드(Ivor Armstrong Richard)[14]의 과학적 용법과 정서적 용법을 살펴보는 것도 언어인식의 확장에 도움이 될 것이다. 이를 간략히 정리해보자.

과학적 용법, 즉 설명적 용법은 전달이 목적이다. 의미전달에 혼란이 없도록 이 언어의 뜻은 객관적으로 검증돼 있어야 한다. 물론 시 언어는 정서적 용법의 범주에 속하지만, 과학적 용법을 무시할 수 없다. 전달의 의미가 분명치 않은 언어를 나열해 놓고 자기 정서표현이라고 우겨댄들 누가 시로 인정해 주겠는가? 시 언어표현은 시인의 직관을 따른다. 주관적일 수밖에 없다. 소통을 위해서 이 주관을 객관화시킬 수 있는 구체성 확보가 필수조건이 된다.

운문어韻文語의 특징은 정서적 용법의 언어사용이다. 상징, 암시, 함축과 생략, 여운 등등의 시어는 설명의 객관성을 초월한다. 시 쓴 이의 개성이 두드러진다. 주관적 인식이 표출된다. 여기에 구체성이 제시되면, 독자가 그 주관에 공감하고 실감할 수 있다. 과학적 용법의 언어가 보이는 고정성을 뛰어넘어 새로운 의미가 창조된다. 시 언어는 사물을 지시하거나 재현하는 평면성만 갖고 있지 않다. 특히 함축적 언어는 시 세계 속의 무한한 의미를 독자가 상상할 수 있도록 그 몫을 넘겨주기도 한다.

처음 시를 쓰는 이들은 이 부분에 익숙지 않을 수 있다. 시의 골격과 체계가 튼튼하고 표현의 여운이 커지려면 함축적 언어사용법을 잘 익혀둘 필요가 있다. 공간에 여백餘白을 남길 수 있게 되면 공명이 깊고 멀리 울리는 시를 쓸 수 있을 것이다.

조선시대의 시평가詩評家 홍만종[15]의 『시화총림』에도 이 부분을 언급한 구절이 있다.

"시는 그 뜻이 말 밖(言外)에 있고 함축미가 풍부한 것을 아름답게 여긴다. 시어의 뜻이 겉에 드러나 숨긴 것이 없다면, 사조辭調가 아무리 굉장하고 화려한들 시를 아는 사람은 이를 좋다고 말하지 않는다."

5. 공감을 위한 조화

공동체에서 만남이 이어지면 호칭으로 그 관계성의 놓임새가 구체화된다. 서로의 직職과 책責으로 역할 구분을 하는 것이다. 이런 이치는 성정性情의 구조에 속하는 것이어서 누구나 다 인식하고 있다. 어떤 의미로 받아들이고 어떻게 수용할지의 차이가 있을 뿐이다. 이 직과 책은 글 쓰는 일에서도 알게 모르게 작용한다.

흔히 말하기를 글 쓰는 일이 어렵다고 한다. 시 쓰는 일은 더 어렵단다. 정말 그럴까?

먼저 알아두어야 할 것이 있다. 글쓰기가 관계를 규정하고 정돈하는데 아주 유용한 도구라는 사실이다. 관계성의 설렘이거나, 마땅치 않아서 들끓는 마음까지 다 언어로 그려낼 수 있다. 듣고 보고 감각하며 겪었던 경험을 문자로 형상화하는 글쓰기는, 내 몸과 마음이 겪은 그 사연을 구체적 호소로 작용시키는 장치이다. 그 사연의 사정이 내 몸과 내 마음에 어떻게 맺혀졌는지 살펴보도록 해준다.

글쓰기를 하다보면 자기성찰과 세계인식의 단계가 더 깊어지고 넓어지는 것을 느낄 수 있다. 물론 독서를 통해서도 이것은 가능하다. 그러나 성찰의 부분에서 글쓰기가 독서로 채울 수 없을 내면의 실제적 체험 기회를 더 많이 제공한다는 사실은 부인할 수 없다.

또 글쓰기는 심각한 일도 아니다. 삶속에서 맛보는 이런저런 내면적 정서와 갖가지 사연의 외부적 현상을 문자로 표출하는 것일 뿐이다. 그 표현방식이 구체적이어야 한다는 요구가 있지만, 문장이 뚫고 가야 할 통로를 감각(職과 통한다)할 수 있고 그 길의 방향을 구체적으로 확인(責과 통한다)할 수만 있다면 이 일은 절대 어렵지 않다. 문장이 뚫고 가는 구체적 통로는 그대도 잘 알고 있을 것이기 때문이다. 서술방식과 지향指向하는 목적이 일치하고, 글을 쓰게 된 동기와 과정에 치우침이나 흔들림이 없을 때 아름다움의 길이 열린다는 사실을.

그런데 글쓰기의 동기와 과정, 서술방식과 지향하는 목적의 동일성이라는 뜻을 이해하기 어렵다고? 굳이 미학美學을 들먹일 필요는 없겠지만, 형식과 내용의 일치라는 말은 많이 들어봤을 텐데?

흔하고 거리낌 없는 예를 들어보겠다. 그대 앞에 먹음직스러운 밥상이 차려졌다고 하자. 차려진 그릇모양새가 그럴듯하고, 채워진 음식까지 깔끔하게 먹음직스럽다면? 이것을 아름다움이라고 하는 것이다. 차려진 그릇과 담겨진 음식이 걸맞은 균형을 이루었기 때문이다. 이 설명을 시시하다거나 예측하지 못했다며 난처하게 생각할 것도 없다. 그런 경우 감각이 어떻게 반응하는지 살펴보면 될 일이다. 시각視覺을 통한 미각의 기대가 발생했는지. 음식의 먹음직스러움에 침이 삼켜지고 그릇의 모양새에 감탄사가 발성됐다면 조화가 힘을 발휘했다는 증거다. 비록 사소한 부분일지라도 모든 아름다움은 조화의 바탕에서 만들어진다. 아름다움은 또 기대를 이끌어낸다.

이제 질문을 해봐야겠다. 그대는 어떤 사물과 상황이든 치우침 없이 있는 그대로 볼 수 있는 분별력을 지녔는지. 마땅치 않은 현상들도 균형을 잃지 않는 따뜻하게 열린 마음의 눈으로 볼 수 있는지. 그렇다면 이미 시인의 품성이다. 그 정서를 언어로 문자화할 수 있는 훈련을 한다면 쓰는 일은 얼마든지 가능하다. 아직 좋은 시, 잘 완성된 시는 아닐지라도 이런 습작의 시간을 지내다보면 점점 쓰는 힘이 강해짐을 느낄 수 있을 것이다. 글을 쓴다는 것은, 글을 통해서 세상을 아름답게 변화시키는 일에 책임을 갖고 동참하겠다는 뜻이다. 잊지 않아야 할 일이다.

시는 물론 여타 문학창작학습의 동기부여는 위 단락에서 말한 것처럼 시작되는 것이 보통이다. 글 쓰는 일의 중요한 의미 중 하나가 사람과 사물의 본질을 잘 살필 수 있는 혜안을 얻게 해준다는 사실이다. 글을 쓰다보면 어느 날 놀라운 발견을 하게 될 것이다. 자신을 세밀하게 들여다볼 수 있게 됐다는 것. 다른 이의 글을 아주 잘 읽을 수 있게 됐다는 것. 특히 시에서는 언어에 내포된 뜻뿐만 아니라 행간의 의미와 그 여백의 호흡까지 감지할 수 있게 된다. 이는 삶의 현상을 통찰할 수 있는 힘을 얻었다는 말에 다름 아니다. 비록 이 감각과 통찰이 주관적일 수 있다. 그렇다고 이 주관이 절대 일방적이지 않다는 사실도 알아둘 일이다. 시는 공감과 소통을 전제하기 때문이다. 공감과 소통은 서로의 정서를 용납하는 것이다. 자신의 자의식에 자리매김한 어떤 가치와 신념만 절대적이라고 우기지 않음을 말한다. 서로를 헤아리고 받아들이는데 억지가 없다. 종교적 신념이라 하더라도 그 내세우는 가치에 보편성이 부여되지 않았다면 낯선 하찮음일 수 있다. 세계적으로 문제가 됐던 IS(이슬람국가)사태도 그런 예라고 할 수 있을 것이다.

　정치적 현상이며 목적을 위한 수단이기도 하지만, 드물게 신념을 위해서 목숨을 거는 사람들이 있다. 그때 보통의 사람들은 그런 이들을 놀라워할 수밖에 없다. 그러나 글 쓰는 사람은 이런 현상을 잘 살필 수 있어야 한다. 거기 전제된 명분이 우주의 아름다움을 위한 것(이 세상의 세계를 구속救贖)인지. 만약 개인이나 집단의 이기利己가 발동한 광기의 격정이라면 그 관성에 끌려들어가서는 안 된다. 조화를 잃는 일이기 때문이다. 우리는 흔히 이 부분을 착각하고 있다. 조화에 어긋나게 만들어진 형상은 절대 아름답지 않다. 특히 잊지 말아야 할 것은 한 사람의 생명이 온 천하보다 귀하다는 말씀이다. 수단으로는 절대 사용될 수 없다. 그 존재성의 가치 하나하나는 세계를 지탱하는 씨줄날줄이 된다. 한 생명의 놓임새(位置)가 아무리 가볍고 하찮아서 보잘것없는 존재로 보일지라도 그는, 이 세상의 세계에 실존(existence)하는 한 개의 우주로 존재할 가치를 지니고 있다. 이를 믿어야 한다. 그 가치판단은 피조물들끼리 하는 것이 아니다.

신념이 설득력을 갖기 위해서 정말 필요한 것은 무엇일까? 상대의 존재성이 발휘하는, 나와는 다른 의지까지도 용납해주려는 마음이다. 그 의지를 억지라고 단정하지 않는 관용이다. 문제는, 이쪽에서는 공감이 가지 않아서 선뜻 호응하기 어려운데 조금 더 힘이 센 상대편에서 자기 요구를 밀어붙이는 일이 너무 많다는 사실이다. 반복되면 조화(harmony)가 사라진다. 불협화음이 발생한다. 이 소통을 차단하기 위해서 방음벽을 세울 수도 있다. 듣지 않고 말하지 않는 것.

이런 관계성의 상태는 황폐의 지경과 같다. 거칠고 메마른 땅의 상태에서 먼지 흩날리게 하는 발성의 호흡이 토해지고 있다면 무슨 좋은 결실을 기대할 수 있겠는가? 무슨 아름다운 의미를 부여할 수 있겠는가? 더 심각한 것도 있다. 오염의 상태이다. 속이 더럽게 물들여졌는데, 간혹 거짓과 기만과 술수를 그럴듯하게 감춘 반짝거림의 껍질을 뒤집어쓴 경우도 있다. 그나마 황폐한 땅은 애쓰고 공들여 개간하면 혹시 싹을 틔울 수 있을까? 그러나 오염된 땅에 씨 흩뿌리는 일 자체가 의미 없고, 그런 발상은 착각에 불과할 뿐이다.

서로 공감하려면 원활한 소통과 성의 있는 배려와 상대가 전하는 뜻을 '있는 그대로' 받아들여주는 관용이 필요하다. 열린 마음이다. 자신의 신념이 훼손될 수 있고, 분별이 필요하다는 명분으로 입맛에 맞는 색깔의 선글라스를 우선 걸치고 보는 것은 열린 마음이라고 할 수 없다. 막무가내 자신의 뜻만 관철하려는 신념은 오만에 불과할 뿐인 것이다.

문학 창작에서 추구하는 것도 마찬가지이다. 최우선의 가치는 글쓴이와 독자의 공감대 형성이다. 서로의 진정성(어찌할 수 없음을 그대로 나타냄)과 정체성(버리지 못해 끝내 지니고 있을 수밖에 없는 모습)에 고개 끄덕여줄 수 있음을 말한다.

단테는 『신곡』에 이렇게 썼다.

"세상에는 용서받지 못할 죄 하나가 있느니. 그것은 바로 오만이라."

오만은 자기 존재성의 과시, 자신의 신념만을 관철하려는 억지의 발동을 말한다. 나를 있는 그대로 보여줄 수 없고, 그를 제대로 보아주지 않는다. 존재가치를 착오하고 있기 때문이다.

시를 쓰는 우리는 언제든, 어디서든, 무엇이든 조화를 생각해야 한다. 조화는 서로가 '우리'로 어우러지게 하는 힘이다. 의미 부여이다. 우리라는 말이 관념어가 아니라 관계성의 reality 표시라는 깊은 인식을 갖게 되면, 사물과 상황과 사람을 보는 시선과 그 관점의 초점을 따뜻하고 온유하며 겸손하게 만들 수 있다. 역지사지易地思之[16]의 태도를 갖게 될 것이다.

시를 쓰는 이유와 목적은 상대의 존재성을 인정해주고, 그 '생겨먹기'의 어찌할 수 없음에 고개 끄덕여주는 것이다. 삶의 초점을 아름다움에 맞추는 것이다. 아름다움의 꽃은 조화의 바탕에서 피어난다는 인식을 얻는 것이다.

6. 공감은 무엇인가

시와 소설 등 모든 문학의 형태는 담화형식이다. 글 속에서 말하는 이의 소통 요구를 들어주는 이가 있어야 그 존재이유가 성립된다. 글쓴이가 문장 속의 화자를 내세워서 자기 말의 존재성(가치)을 제시했을 때, 독자가 그것을 얼마만큼 인정하고 수용하는지에 따라 그 가치의 크기가 결정된다. 가치 제시는 설득으로 이어지고, 상대가 납득하여 수용하는 것이 공감인데, 이 범위가 커지는 것이 공감대 확장이다. 이때 그 문학작품이 끼치는 영향력(화자가 제시한 말의 방향성)의 파장도 함께 강렬해진다.

이 단원에서는 공감의 뜻을 조금 더 세밀하게 다룰 텐데, 내용을 잘 숙지해두기 바란다. 공감방식이 좁은 수용과 배타적 치우침의 섣부른 인식영역을 벗어날 수 있을 것이다. 이 부분의 인지認知가 모자라면, 즉 공감의 뜻 파악과 그 방식이 보편성을 확보하지 못하면, 우리가 익숙하게 나타내는 공감태도가 헛짓이 될 수 있다. 끼리끼리 공감하며 부여한 의미는 무분별이고, 그 방법과 과정에서 자타를 기만하기도 한다. 이런 것들은 모두 집단이기集團利己에 불과할 뿐이다.

공감을 가장 잘 나타낸 말이 '이심전심以心傳心'이다. 굳이 길게 설명하지 않아도 서로의 입장을 충분히 헤아릴 수 있음을 말한다.

세상과 관계를 맺고, 그 관계의 까닭을 헤아리는 뇌기능은 보통 두 가지 태도를 나타낸다고 한다. 주동(activity)과 수용이다. 주동主動은 스스로 환경을 통제(agency)해보겠다는, 즉 대상과 사건을 조종하겠다는 중심적(centrality) 성향이다. 수용은 환경의 한 부분으로 섞이려는 상호성(mutuality)이다. 체계에 승복하고 그 체계의 유기체적인 한 부분이 되려는 성향을 말한다.

시 한 편을 앞에 놓았을 때도 이런 성향들이 나타날 수 있다. 시인과 독자는 시를 사이에 놓고 성격이 다른(주동일 수도, 수용일 수도 있는) 독립적인 인격체로 만난다. 시를 매개체로 둘의 관계가 맺어지는 것이다. 이 부분에 굳이 아래의 예를 덧붙일 필요가 있을까만, 진화생물학(evolutionary biology)에서는 이 세상의 세계에 존재하는 모든 생명이 각각의 존재이유와 의미로 연결돼 있고, 각자의 생존과 존재증명을 위한 치열한 투쟁을 하지만, 결국은 서로에게 적응하기 위한 협력과 돌봄으로 나아가게 된다고 말하고 있다. 다른 말로는 균형의 제자리 찾기라는 뜻이다. 기울어진 저울추에 얹어주고 덜어냄으로써 균형을 맞추는 것인데, 대체로 이런 행위는 돌봄과 수용으로 이어지는 것이 보통이다.

납득과 수용은 공감으로 나아가기 위한 토대이다. 대상과 조화하겠다는 동기가 된다.

조화의 형태는 어우러짐이다. 대상을 향한 정서적 투사(projection)도 여기에 속한다. 이것이 비록 자기중심적(eco-centric)일 수 있지만, 그 의지의 행위를 밖으로 나타날 때 선善작용을 앞세우는 것을 말한다. 이때 어우러짐의 심사가 동정과 동일시될 수 있음을 조심해야 한다. 동정(sympathy)은 syn(함께)과 pathos(고통)의 합성어로 '함께 고통을 나눈다'는 뜻인데, 이때의 동정에는 주체와 객체 사이에 평형이 이루어지지 않은 경우가 많다는 사실을 알아둘 필요가 있다. 희랍어 empatheia 역시 en(안)과 pathos(고통)의 합성어이다. '내면으로 감각하는 고통, 혹은 열정'의 뜻이다. 독일어 Einfühlung도 ein(안에)과 fühlen(느낀다)이 결합해서 '내면으로 감각한다'는 뜻을 나타내는 면에서 같다.

위 단락의 단어들이 내포하고 있는 뜻처럼, 공감과 동정이 마음의

내면적 작용이라는 점에서는 같지만, 그 태도와 방향성에는 차이가
있다.

공감은 타자他者와 '함께' 느끼는 것(feeling with another)을 말한
다. 타자의 감정에 집중이 우선이다. 속마음으로 느끼고(to feel in),
타자의 감정 속에까지 기꺼이 들어갈 수 있다는(to get inside his/her
feeling) 마음의 행위이다. 타인의 입장과 처지, 그 생존환경의 여건
을 체험해보는 것과 같다. 반면에 동정은 타자를 '향向'해 느끼는 것
(feeling for another)일 뿐이다. 타자의 감정 이야기와 처해 있는 상
태를 듣고 보며 만들어진 관찰자의 감정에 먼저 집중한다.

다시 말해서 "당신이 느낀(겪는) 것에 내가 어떻게든, 반응하겠
다"는 태도가 공감이다. 상대의 상태와 상황과 감정을 헤아려서 자
신과 동일시(나라도 그러했을 것이라고)한다. 그러나 동정은 "내가
느끼기에 이러이러하므로, 이렇게 한다"는 태도의 노출이다. 내 감
정을 먼저 앞세운다. 정신이든 육신이든, 상태와 상황이 상대보다
여유로운 놓임새일 때, 자신의 경험으로 대상의 상황과 상태를 이해
하고 이를 투사하는 것일 뿐이다. 투사는 상대의 감정을 느끼고 이
해한다지만 곧 자신의 감정으로 돌아오는 성질性質인 것이다.

이처럼 공감심리는 대상에게 엉기고 성길 수 있으나, 동정심리는
대상의 위치(동정 받을 만큼 낮은 자리)까지 섞여 들어가기 힘든 구
조를 지니고 있다. 동정이 비록 공감과 닮았을지라도 그 내면적 성
격이 지닌 개념은 공감과 같지 않다.

그렇다면 공감은 무엇을 말하는 것일까?

사실 공감은 복합적 성격이다. 다차원적이다. 더구나 각 개인의
공감능력은 인간발달과정과 경험축적의 차이로 확연히 달라질 수
있다. 비록 관점 취하기(perspective)의 보편성 확보, 대상의 상태와

상황 등을 상상(fantasy)해보기, 관심(empathic concern)의 적극성, 개인적 고통(personal distress)을 깊이 배려하는 마음을 지녔더라도 이때의 공감에 행위의 경험이 뒷받침되지 않았다면 다만 어떤 '감정'에 불과할 수 있다. 물론 마음의 갈래 가지에서 감정은 공감요소 중에서도 우듬지에 자리한다. 대상관계 이론에서도 감정의 공감은 인간 생존의 필수적인 자극이라고 이해하고 있다. 정신분석학자 코헛(Heinz Kohut) 역시 공감을 가리켜 "자아가 인간의 메아리(내면의 소리)를 수용하고, 긍정하고, 이해하는 것"이라고 말했다. 이런 사실을 살펴보면, 감정 또한 공감의 한 정체성이 될 수 있다. 그러나 이런 감정에 지속적 행위의 경험이 뒤따르지 않으면 찰나적 관념일 뿐이다. 숙성된 정서로 익어갈 기회를 만들기 어렵다.

사물의 정체는 그 사물의 구성요소를 살펴보면 살펴볼수록 명확해진다. 살펴봄의 다른 말이 관찰과 탐구이다. 이런 측면에서 공감의 구성요소는 크게 세 가지로 나눌 수 있다.

1) 사회적 상호작용으로 얻어지는 인지적 요소

상대방의 감정을 느끼고 재인식(recognition)하는 일이다. 상대의 정서를 자신의 마음에 구체적 경험으로 받아들여서 사회적 공감으로 발전시키는 것을 말한다. 공감의 인지적 요소는 감정뿐만 아니라 사고개념까지 포함한다. 자기중심에서 벗어나 타인의 관점을 취해보고, 타인의 언어 및 비언어적 행위의 뜻을 인식하여 예견하는 사고작용 등이다. 이 모두가 공감의 인지적 요소에 속해 있다.

2) 정서적 요소

문학에서 말하는 공감의 정서적 요소는 화자와 청자가 같이 나누는 공통된 감정(shared feeling)이다. 이 정서적 요소가 공감현상의 핵심이다. 공감당사자와 공감대상자(문장 속의 화자를 포함해서)가 서로에게 향하는 정서적 참여로 보는 것이다. 많은 임상심리학자들이 공명(resonance)과 반향(reverberation)을 공감에 내포된 한 성향이라고 여기고 있다.

3) 의사소통적 요소

공감에는 공감하는 '것'에 해당하는 행위가 있기 마련이다. 말, 표정, 몸짓, 태도 등등의 행위로 표시하는 것들은 의사소통의 요구이다. 느끼고 이해한 것을 '있는 그대로' 전달할 도구로서의 작용을 말한다. 이 작용의 능력은 원활한 의사소통으로 말미암는다. 공감이 억지가 들어 있지 않아 막힘이 없는 행위로 나타났을 때 의미부여가 가능한 대인관계로 연장될 수 있다. 공감의 의사소통적 요소에는 비록 듣지 않고 보지 않고 말하지 않더라도 이는 감정과 태도의 문제일 뿐, 꼭 관계의 단절을 담보하는 것은 아니라는 의미가 포함돼 있다.

공감의 이런저런 이야기를 했는데, 시 쓰는 일에서 알아두어야 할 중요한 부분이 또 한 가지 있다. 시적 공감은 일방적으로 이루어지지 않는다는 사실이다. 시인과 독자의 소통요구가 충족될 길은 공감대 형성으로 말미암는다. 독자가 읽으며 고개 끄덕일 수 있는 장치의 구체적 설치 필요성이다. 생각의 한 단면과, 생활을 호소하는 한 부분일지라도 공감대 형성이 가능하려면 반드시 체험적 요소가 제시되어야 한다. 체험적 요소는, 몸과 마음이 기억하고 있는 것의 발현이다. 관념만 제시해 놓고 공감을 요구한다면 상대는 막연한 상념만 떠올릴 뿐, 난처할 수밖에 없다. 공감대 확장능력을 키워야 할 이유이다. 흔히 공감능력을 선천적이라고 말하기 쉬우나 사실은 그렇지 않다. 상대의 소통요구에 반응하는 것일 뿐이다. 그 내용이 무엇인지 알아야 올바르게 반응할 수 있다. 올바로 알고, 올바르게 반응하는 것이 왜곡 없는 공감이다. 듣고, 읽고, 겪으며 지니게 된 관점의 폭이 우리의 태도를 결정한다. 상대의 허탄한 소통요구를 수용하지 않음도 여기에 포함시킬 수 있다.

식견識見을 지닌 어떤 사람이 들려주던 다음의 말에 고개 끄덕였던 기억이 난다.

"올바른 공감태도는 늘 열린 마음의 자세(품새)에서 나온다."

7. 대상인식의 시적사고 전환

시인을 분류하자면 타고난 시인과 공부하는 시인으로 구분할 수 있을 것이다. 타고난 시인의 재능과 상상력은 보통 사람과 비교할 수 없다. 사물에 맞춘 초점과 관점이 우리와 전혀 다른 설득력과 신선한 공감으로 나타나는 것이 놀랍다. 낯설기까지 하다.

그렇다고 우리는, 우리의 재능이 뒤떨어짐을 낙심해야 할까? 그냥 우리가 빚어내는 시를 넉넉한 마음으로 사랑하면 되지 않을까? 많이 읽고 쓰고 듣고(듣는 일은 특히 중요하다) 보고 경험하면서, 생생한 자기만의 표현능력을 키우려는 노력은 충분한 의미부여가 될 수 있다. 글쓴이의 생각은 그러한데 그대의 의견은 어떠한지.

시를 쓰기 위한 경험(읽고 쓰고 듣고 보는)이 축적되면 인식의 틀과 관찰의 초점이 시적사고로 전환된다. 이 과정을 겪으며 튼튼한 시를 쓰게 되면 반드시 누군가 읽어주고 알아준다. 또 알아주지 않아도 아쉬움이 없다. 자기 시에 어설픈 감상주의, 겉멋의 냄새를 풍겨내지 않게 된 것으로 충분하다. 진정성을 담은 시를 쓰며 얻는 성찰은 그 삶을 충분히 의미 있는 것으로 만들어준다. 인지상정의 헤아림을 내면의 결실로 남길 수 있기 때문이다.

백거이白居易17)는 이런 뜻에서 "시는 정情이 뿌리이고 언어가 싹이며 운율은 꽃이며 의미가 열매"라고 말했다.

시는 마음을 '있는 그대로' 정직하게 표현한다. 시인의 가치관, 상황을 보는 관점, 숙성된 내면의 정서가 가장 올바르게 반듯한 언어로 형상화된 것이다.

때로 정직(치우침 없이 바르고 곧은 형상)의 아름다움이 결여된 시에서도 반짝거림을 볼 수 있다. 그러나 창의성이 발휘된 경우는 거의 없다고 말할 수 있다. 찰나적 자기주관이 불분명성을 내포하기 때문이다. 흔히 시는 직관直觀이라고 하는데, 망설임이나 불분명성을 꿰뚫어버린 경지를 말한다. 감각만 돋보이려는 미숙한 억지가 닿을 수 없는 곳이다.

시를 쓰려면 먼저 시적대상을 만나야 한다. 그다음은 관찰이다. 헤아림과 살펴봄을 말한다. 대상의 상태를 있는 그대로 보며 그 지닌 존재성의 까닭을 통찰하는 일이다. 이때 비로소 관찰대상의 가치와 존재이유의 구체적 인식이 생긴다. 대상을 통찰하는 힘은 사물을 보는 관점이 시적사고와 맞물려야 얻을 수 있다. 앞에서 고려시대의 문장가 이규보의 말을 언급했지만, 통찰력은 자득自得과 연결돼 있다. '저절로' 혹은 '스스로' 깨달아 얻는 그 '무엇'을 말한다. 생각과 태도가 진정성과 어우러지고자 하는 간절함이 바탕이다.

관계성을 성숙시키려면 듣는 것을 보는 것에 선행先行시켜야 한다. 한 존재가 자기존재성의 상태를 말하는 소리를 듣고 본다는 것은 진정성(생겨먹기의 그 어찌할 수 없음을 나타냄)의 문제와 연결돼 있다. 이때의 반응은 스스로의 깨달음과 체험적 사실(몸과 생각의 경험)이 토대가 된다.

우리가 시를 쓰는 것은 이럴 경우 마음에서, 당연하게, 선善작용을 일으키게 하기 위함이다.

이렇게 자득했다면 스스로 깨달은 그 '무엇'을 얻었다는 것과 같다. 이것은 또 숙성된 내면의 정서와 인식세계의 발전으로 이어진다. 이때부터 언어의 올바른 감수성이 발휘된다. 사물과 대상을 향한 생각의 태도를 시적사고로 전환시킬 수 있다. 살면서 몸과 마음에 겪은 모든 체험의 기억들을 다 시적재료로 사용하게 된다. 체험의 재료에는 구체성을 부여해줄 수 있는 재질이 가득하다. 이를 어떻게 시 언어로 형상화할 수 있느냐가 우리 앞에 놓인 문제가 될 것이다. 이제 그 방법을 하나씩 풀어보기로 하자.

1) 독자의 일차적 감성에 호소하지 않는다

우리의 시 창작 태도가 혹시 일차적 감성에 호소하는 거기에 익숙해 있다면, 그 습관을 고치지 못한다면, '울림이 있는 시'는 절대 쓸 수 없다. 이 사실을 꼭 기억해두자.

2) 한 편의 시에 너무 많은 것을 넣으려 하지 않는다

한 편의 시에 자신의 몸과 마음(생각)의 체험을 다 쏟아 넣어보려고 땀 뻘뻘 흘리는 일이 얼마나 많은지. 그렇다고 서정抒情이 되는 것은 아니다. 서사敍事가 될 수는 더욱 없다. 읽는 이들을 난처하게 만드는 문장의 집합일 뿐이다. 어디에 초점을 맞춰야 할지 도대체 알 수가 없을 테니까. 이는 마치 그릇 하나에 너무 많은 음식을 담아서 차려낸 것과 같다. 별도의 그릇에 담겨서 독자적인 맛을 내야 하건만, 한 개의 그릇에 뒤죽박죽 섞였으니 그 맛의 정체는 알 수가 없다. 비빔밥을 만들 목적이 아니었던 음식이 비빔밥처럼 돼버렸다면, 그 음식의 간을 어떻게 맞추었을지. 간이 맞지 않는 음식은 미각적 감동을 주지 못한다. 다시 기대하게 만들지 않는다. 마찬가지로 한 편의 시에 시인의 주관이 뒤범벅되면 독자와 나눌 정서의 객관화는 발생시킬 수 없다.

3) 사물의 상태, 상황, 현상 중에서 한 가지에 집중하여 내면 인식을 활성화시킨다

이는 대상인식에서 분명한 관점표현, 초점화한 언어표현의 방법을 습득하는 길이다.

위 내용들을 잘 숙지熟知(충분히 익히듯 잘 알아둠)해두기 바란다. 시의 형식과 내용을 조화시킬 수 있는 길을 볼 수 있을 것이다. 아름다움이 발생하는 모습도 확인할 수 있게 된다.

8. 시 언어의 가치관

글을 쓰거나 쓰려는 사람들은 감성적 정서가 풍부하다는 특징이
있다. 오늘날 세계의 요구도 이 부분이다. AI 시대에는 IQ지수보다
EQ지수가 사람이 지닌 가능성과 기능성의 효율을 재는 척도가 될
것이다.

자신이 감성적 기질을 지녔다는 사실은 잘 의식하지 못할 경우가
많다. 타고나기도 하지만 은연중에 형성되어 내면에 잠재해 있기 때
문이다.

성장기에는 누구라도 시인, 소설가, 음악가, 화가, 특히 요즘은 연
예인 등을 선망의 대상으로 삼을 수 있다. 이때의 정서는 때 묻지 않
고 단순하다. 환상과 동경을 마음에 품었더라도 그것이 반드시 충족
돼야 한다는 욕심이나 고집은 부리지 않는다. 때가 되면 자신이 해
야 할 일과 가야 할 길을 찾아가게 된다. 끝내 그 동경을 버릴 수 없
어서 어렵사리 답습의 흉내를 내는 이들도 물론 있다. 열정이 마음
에 자리 잡았다는 증거일 것이다.

글 쓰는 일의 동기부여도 마찬가지다. 지금은 문화 환경이 바뀌어
서 인터넷과 모바일을 통한 접근성도 쉬워졌다. 쓸 곳, 볼 것, 들을
것이 훨씬 많아졌다. 동시에 금방 싫증을 내는 습관도 함께하게 됐
다. 거칠고 자극적인 표현들이 아무렇지 않게 등장하고 있다. 어떤
이들은 그 까닭을 심리적인 강박감이나 심성의 난폭함, 혹은 박탈감
과 충족되지 않는 욕구불만의 분노 때문이라고 말한다. 글쓴이는 이
렇게 말하고 싶다. 자기 마음의 상태를 어떻게 써내야 할지 그 방법
을 알지 못해서 그렇다고. 물론 자타의 존엄성을 생각할 줄 아는 대
상들에게 하는 말이다.

어떤 사물(대상)에게 호기심이 생겼고 관심이 집중됐더라도 시간이 조금 지나면 시들해진다. 보통사람들의 인식태도와 습관의 모습이다. 글쓰기 방법을 잘 익혀두려면, 우리 생각의 습관이 이렇다고 인식해둘 필요가 있다. 늘 새로운 시각으로 사물과 대상을 관찰할 수 있어야 한다. 사람은 깊은 관심을 갖게 된 대상일지라도 그 보는 관점을 익숙하고 습관화된 인식과 일정한 틀에 넣는 것을 편하게 여긴다. 창작태도에서 정말 경계해야 할 부분이다. 늘 새로운 시각으로 사물을 관찰하라는 까닭이 있다. 시적재료로 삼은 대상의 실체와 의미를 피상적으로 파악하지 말라는 뜻이다. 대상의 상태와 처한 상황과 그 반응으로 일어나는 현상을 진정으로 이해해야 한다. 습관화된 고정관념의 틀에 미리 규정지음은 시 창작의 불성실이다. 얽매이지 않는 시인의 정신은 사물과 대상을 관찰하는 관점을 일방성에 묶지 않는다. 그 헤아림과 탐구에 열린 마음으로 성의를 다할 뿐이다.

어떤 물질에 섞여 있는 불순물을 걸러내고 갈고닦아 뽑아낸 한 움큼의 결정물을 정수精髓라고 한다. 사물의 중심에서 가장 뛰어나게 중요한 것을 뽑아낸 최상의 가치라는 뜻이다.

시는 언어의 정수이다. 모든 예술의 으뜸이 문학이고, 그 정점頂點에 시가 있다. 시어詩語 선택에 그만큼 엄격한 태도의 요구는 당연하다. 언어를 대하는 자세와, 언어를 다루는 가치관이 시 쓰는 일의 본질적 핵심이기 때문이다. 이 치열한 내면인식을 언어의 정수로 그려낸다면, 색채를 입힌다면, 그 일의 반복을 生의 습관으로 만든다면, 이는 쓰는 일의 진전뿐 아니라 삶의 의미까지 환하게 만들 것이다.

"말하는 것이 무엇이든 그 표현에는 하나의 단어밖에 없다. 찾을 때까지 노력해야 한다"는 말은 플로베르[18]가 주창主唱했던 일물일어설—物—語說의 일차적 근거가 된다.

"시는 최상의 말을 최상의 순서로 배치해놓은 것"이라는 워즈워드의 말을 덧붙여보면 시 언어 다루는 일의 중요성과 방법의 의미가 더 명확해질 것이다.

조태일[19] 시인은 자기 책[20]에 "시인에게는 사물과 현상의 저편에 있는 세계까지 투시할 수 있는 마음의 눈, 정신의 눈이 필요하다"는 말을 남겼다. 과학자는 논리와 합리에 따라 법칙과 사실을 발견해내지만, 시인은 시적질서에 따라 진실을 감지하고 찾아낸다는 뜻이다.

시 창작은 체험에서 발생한 정서와 이를 바탕으로 한 창의력을 문자언어로 형상화하는 일이다. 삶을 탐구하고 해석하며, 세계와 사물의 이면에 숨겨진 진실의 가치와 아름다움을 찾아낸다. 이 일의 행위당사자인 시인의 존재성에는 막중한 의미가 있다. 비전(vision)을 제시할 때 조화(harmony)를 생각하고, 아름다움을 보여주는 일에 충실한 시적질서를 잃지 않겠다고 자각하기 때문이다.

인생의 본질과 진실은 다양한 현상 속에 가려져 있다. 실체가 잘 드러나지 않는다. 우리가 시인의 감수성으로 이 한 단면을 캐내었다면 할 일이 있다. 충실한 시적질서에 의지해서 이 사실을 독자에게 전달해주는 것이다. 시를 쓰는 그대의 의무이다. 진정성을 잃지 않겠다는 각오가 필요하다. 사람이 사는 모습과 사물이 존재하는 의미를 문자로 형상화하는 일은 대가를 바라지 않는 고달픈 행위이다. 그러나 이것이 습관처럼 된 어느 날에는 풍성하게 빛나고 있는 자신의 내면을 발견하게 될 것이다. 튼튼한 시를 쓸 수 있는 충실한 힘을 얻은 내면은 보석처럼 빛을 내는 '언어의 전달 장치'를 지니게 됐을 것도 확실하다.

여기에 닿기 위해서는 많이 써보고 고쳐보고 읽어보고 겪으며 생각해보는 것 외에는 지름길이 없다. 특히 사물이 하는 소리를 잘 들을 줄 알아야 한다. 이 길을 묵묵히 걷다보면 자신이 쓴 시가 독자에게 전달될 가치가 있는지 살펴볼 수 있는 힘이 생긴다. 다른 이의 시를 더 많이 읽는 노력으로 얻어진다. 힘껏 읽어야 한다. 사물을 보는 관점이 일반적인 사고에서 시적사고로 전환되는 것도 느낄 수 있을 것이다. 마주친 상황을 이해하고 해결하는 방식도 달라진다. 이해타산이 아니라, 사람과 사물의 존재성을 먼저 생각하게 된다. 아름다운 결과를 만드는 일에 최우선으로 초점을 맞춘다. 다양한 현상 속에 감춰진 인생의 본질을 다루는 일에도 자신의 주관만 고집하지 않는다. 그 주관적 인식에 구체성을 부여해서 독자에게 공감과 이해를 호소하게 된다. 시 언어의 가치관에는 이런 요소들이 가득 들어 있다.

9. 창작의 바탕은 상상력이다

어떤 현상이 감각(듣거나 보거나 느끼거나)되면 그 가치의 무게를 분석하고 정리해서 내면에 갈무리하는 것이 인식작용이다. 이 틀은 체험(교육, 훈련, 사색의 종류)의 범위를 벗어날 수 없다.

한번 생각해보자. 어떤 형상(사물)을 마주했는데, 그 발성하는 소리를 듣고 느낌이 생겼으며 또 말해야 한다면, 여태껏 그런 사물을 보고 듣고 느낀 경험에 구애받지 않겠는지.

사람은 경험의 범위 안에서는 제멋대로 사고思考할 수 있는 존재다. 월등한 지성을 지녔다 해도 여기에 균형을 취할 수 있으리라고는 확고하게 말할 수 없다. 오히려 자기의 학문적 지식과 사색의 결과를 절대화할 위험성은 더 많을지 모른다.

사람은 어떤 누구라도 한계를 벗어날 수 없고, 겪어본 상황에만 정확한 인식작용을 일으킬 수 있다. 그런데도 인간은 이 경계 넘나들기를 망설이지 않는다. 직관의 작용인데, 여기에 의지해서 경계를 넘어설 때 아름다운 진보의 힘이 발생하기도 하니 사람의 생겨먹기가 묘하긴 묘하다. 상상력이 발동시키는 힘인데, 반드시 조심해야 할 부분이 있다. 상상력이 망상으로 발휘돼 전개되면 누추함이 드러날 때가 많다는 사실이다. 더구나 망상에는 분별없는 고집과 착오가 함께한다. 상상력과는 전혀 상관없이 다르다.

자라나는 아이에게 우선 책을 읽어주고, 문자를 습득한 뒤에는 수많은 독서를 권장하는 까닭을 그대도 잘 알고 있을 것이다. 책을 통해서 얻는 상상력은 모든 창의적이며 독립적인 것을 꿈꾸게 하는 에너지이다. 백지와 같은 내면인식에 책 읽는 소리를 듣는 청각적 경험, 독서로 얻는 시각적 경험, 글을 읽고 쓰며 맛보는(시청각과 촉각을 겸한) 문자언어의 경험은 일생동안 지워지지 않는 상상력 발동의 원인이 된다. 이런 경험은 빠를수록 좋다는 것이 정설이다. 혹시 부모가 됐거나 될 사람이라면 아이가 뱃속에 있을 때, 말을 배우기 전부터, 아장아장 걸을 때에, 이미 유치원에 다니기 시작했더라도, 어떻게 하면 영어를 잘하게 할 수 있을까 고민(이 자체가 망상과 고집이 될 수 있다)하기 전에 먼저 모국어의 시를, 경전을, 늘 읽어서 그 귀에 들려주어야 할 것이다. 모국어의 시는 정서적 아름다움의 상상력을 북돋아주고, 경전은 인류 역사 이래로 사람이 살아 움직이며 해왔던 '역할'을 알게 해준다. 정서적 아름다움으로 그 가슴이 쓰다듬음을 받았고, 역할의 충실한 인식이 머리에 새겨지면 얼마든지 창조적 인간으로 성숙해질 수 있다. 독서의 양이 많으면 많을수록 경험의 범위도 함께 커진다는 것은 누구나 알고 있는 사실이다. 직접 겪어보지 않았을지라도 독서의 경험은 여러 가지로 마주치는 상황에 잘 대처할 수 있는 정신능력을 길러준다.

이런 체험의 기억들이 시 창작에서는 어떻게 작용할까?

체험이 몸과 마음의 기억 저장고에 들어가면 그 안에서 잘 숙성되거나 가만히 부패한다. 그다음은 향기로운 정서로 발휘되든지 비틀린 관점으로 나타난다. 부패의 원인과 까닭의 언급은 심리학이나 정신분석학의 영역을 거론하는 장황한 서술이 될 수 있어서 생략하겠지만, 시 쓰는 일에는 가치 있는 체험들의 잘 숙성된 기억이 꼭 필요하다고 말해두고 싶다. 이것들로 말미암는 갖가지 상상력이 시 창작에 요구되기 때문이다.

시와 예술은 물론 어느 분야의 작품이든지 그 최고 가치는 창조성이다. 온전한 상상력이 바탕인 창조성은 모든 것의 틀을 바꾼다. 개인의 경험과, 훈련받아온 것과, 생각의 습관까지 변화시킨다. 경험과 훈련과 몸과 마음의 습관을 새롭게 만들어서 또 다른 가치와 또 다른 세계를 더 조화롭게 창조해낸다. 시 창작의 창조적 상상력은 이만큼 중요한 의미를 지닌다. 상상력이 충분히 구현된 작품에서는 윤기가 돋아난다.

영국의 시인이며 존중받는 비평가였던 스펜더 경(Sir Stephen Herold Spender)21)은 "체험한 것을 기억하여 그것을 다른 환경에 적용할 수 있는 것이 상상력"이라고 말했다. 상상력은 피상적 관념이 아니라 실제적이고 깊이를 갖춘 다양한 체험의 기억에서 발휘되는 것이라는 강조이다.

체험에서 얻는 첫 번째 소득은 상태와 현상을 깊이 관찰할 수 있는 힘의 획득이다. 깊은 관찰은 사물이 지닌 존재성의 의미와 가치를 새롭게 파악하고 깨닫도록 해준다. 깊은 관찰은 적극적 관심에서 출발한다.

이를 적용시킨 예를 하나 들어보겠다. 글쓴이의 시 창작교실에서 결혼을 계속 미루고 있던 어떤 남성이 그만, 같은 교실의 한 독신여성에게 반해버렸던 것이다. 만만치 않은 정신세계를 지녔고 언행심사의 태도에도 우아함을 드러내는 대상이었는데, 그것으로 그만이면 좋았으련만 자기가 빠져든 이유를 시로 표현하고 싶어졌다는 것이다. 그 모습에는 어설픈 감상주의와 허영심이 나타났지만, 하여튼 그래서 비유로 백합꽃을 상상하게 됐다면 가장 먼저 요구되는 것이 무엇일까? 그대에게도 던지는 질문이다.

그런 시를 쓰려면 우선 그 꽃의 향기를 맡아보고 모양을 정확하게 관찰한 경험이 필요하다. 백합꽃은 누구나 다 잘 알고 있지 않은가(잘 안다고 생각하는 것이겠지만)! 물론 향기를 맡아본 적도 여러 번일 것이다. 그렇다면 꽃잎사귀의 형태는 어떻게 생겼을까? 꽃술은 몇 개지? 꽃잎의 형태는 몇 개로 갈라져 있나? 글쓴이는 알고 있느냐고? 모른다. 향기는 맡아봤고, 꽃술의 모양을 들여다본 적도 여러 번이지만, 굳이 그 형태를 자세히 알고 있어야 할 까닭이 없지 않은가! 그런데 글쓴이가 아직 젊은이여서 어느 여인을 진정 사랑하게 됐고, 그 감정을 백합꽃에 비유한 시로 표현해볼 마음이 생겼다고 가정해보자. 태도가 어떠했을 것 같은가? 계속 말해보라고? 좋다! 만약 그런 현상이 발생했다면 보나마나 꽃을 정확하게 다시 관찰했을 것이다. 그 피고 지는 시기와, 그 낯빛이 가장 빛날 때의 상태와, 그 향기를 들이켜 맡아보며 그 여인의 향기와 '오버 랩' 시켜버렸을 것도 확실하다. 그러면서 어떤 느낌이 만들어지는지, 어떤 마음가짐이 될지 헤아려봤을 것이다. 이것이야말로 사랑하는 사람을 향한 성실한 태도가 아니겠는가!

시를 쓰는 마음가짐도 이와 같은 것이다. 시적재료로 삼은 대상을 정확하고 분명하게 관찰하며 얻은 구체적 인식, 거기에 부여하게 된 새로운 의미를 문자언어로 옮겨보려는 진지함이 튼튼한 시를 써보려는 성실한 태도이다. 여기에 막힘없이 온전한 상상력이 가미되면 그 시는 늘 공명共鳴하며 살아 있게 된다.

존 듀이(John Dewey)[22]는 상상력을 가리켜 "체험의 여러 요소들을 유기적으로 조직하는 종합적 능력"이라고 했다. 이 말을 기억해 둘 필요가 있다. 한 편의 시에 시인의 체험적 요소들이 유기적으로 녹아들어 있으면 독자의 상상력이 적극적으로 공감한다. 우리는 그런 시를 일컬어 '감동의 울림을 주는 언어'라고 말한다. 경험을 바탕으로 한 숙성된 인식에서 발현된 상상력은 감동의 울림을 주는 시의 근원이 된다.

또 여기에는 역발상逆發想도 포함된다는 사실을 알아두면 상상력의 범위가 훨씬 커질 것이다. 역발상이 생각을 억지로 쥐어 짜냄이라고 오해하면 곤란하다. 행동규범의 범위 밖에 있는 것을 거꾸로 끌어들이는 것은 더욱 아니다. 기존의 가치관이나 생각 등을 뒤집어볼 줄 아는 의식을 말한다. 아무것도 거리끼지 않는 대범하고 넉넉한 태도로 대상을 바라보는 인식태도이다. 다른 말로는 도발적 관점에서 사물의 성질과 형태를 파악할 수 있는 힘과 능력이라고 말할 수 있다. 선악미추善惡美醜의 호불호好不好, 고저장단高低長短의 선입견先入見, 청탁명암淸濁明暗 구분의 편파성偏頗性 등을 반대의 개념에서도 관찰하고 묘사해볼 수 있는 독특하고 활달한 개성이기 때문이다. 물론 이 시각에는 균형을 잃지 않아야 한다는 전제가 있다. 우리가 이런 부분에도 마음을 열 수 있고 그 의미를 잊지 않을 수 있다면 상상력이 만들어내는 새로운 모습을 더욱 많이 창조해낼 수 있을 것이다. 역발상에서 나온 결과물은 시 창작에서 매우 중요한 '관점의 획득'이 된다. 편협성과 고정관념의 습관화된 인식에서 벗어나게 하는 역할을 한다. 다른 가치관을 이해하는 폭이 넓어질 수 있다는 뜻이다.

덧붙여서 연상聯想도 상상력을 자극하는 것 중 하나라는 사실도 기억해두기 바란다. 연상이란 하나의 관념이 다른 어떤 생각을 불러일으키는 심리작용이다. 언어를 통한 정서적 자극이 오면 마음이 반응을 일으킨다. 가을이라는 말을 들으면 동해 수평선과 맞닿은 파란하늘, 수덕사 사과밭의 맑은 햇살, 내장산을 물들인 갖가지 색깔의 단풍 등이 떠오른다. 가을이 '자극어'이고 파란 하늘, 맑은 햇살 등은 의식이 불러일으킨 '반응어'인 것이다. 이 의식은 고정돼 있지 않다. 또 다른 자극을 받으면 또 다른 반응을 일으킨다. 늘 움직이고 새롭게 변화한다. 때문에 사물이나 언어의 연상은 자유롭다. 이 자유로운 의식을 바탕으로 상상력이 나래를 펼 수 있는 것이다. 연상은 서로 다른 사물의 유사성類似性을 찾는 일에도 훌륭한 구실을 한다. 이질적인 것에서 유사성을 찾아낼 수 있는, 편협하지 않은 균형을 제공해준다. 이질적인 것들의 유사성 발견은 비유의 원리이기도 하다. 의식과 무의식의 세계를 넘나들며 잠재된 체험의 기억들을 일깨운다. 정서적 자극을 받으면 잠들어 있던 기억들이 살아난다. 이때 발동하는 정서가 상상력의 요소이며 시 창작의 바탕인 것이다.

이처럼 숙성된 정서가 발동을 시작하면 사물에 맞춘 초점의 시각과 관점이 달라진다. 시 창작을 하는 우리 모두가 경험한 일이고, 이미 알고 있던 사실(의식하지 못했을 수 있으나)이기도 하다.

10. 습관적 인식을 버려야 상상력이 살아난다

어떤 일이 일어났는데, 벌써 그 일의 진행과 결과가 가늠될 때가 있다. 숱한 경험이 만들어준 습관화된 인식작용이다. 일상의 이런저런 일들은 환경이 달라진 곳에서 다시 마주친다 해도 생각이 어질러지지 않는다. 이미 길들여진 낯익음이기 때문이다. 이런 의식 속의 상상력은 작동범위가 좁고 작을 수밖에 없다. 이 사고의 틀을 깨뜨리면 경험의 기억 속에 잠재해 있는 상상력이 튀어나와 시적재료의 존재성을 새로운 시각, 다른 관점으로 살펴보도록 만들어준다.

습관화된 인식에서 발현發現되는 시 언어를 차별되게 다루기 위한 방법은 여러 가지가 시도됐다. '낯설게 하기'도 그중의 하나이다. 러시아 형식주의자(russian formalism)들의 기법인데, 짧게 정리하자면 상투적 표현과 거기에 자동적으로 뒤따르는 기계적 반응을 거부함으로써 대상에 대한 새로운 인식과 감각을 회복시키려는 의도를 말한다. 시 속에서 뜻밖의 상황을 만들거나 의외의 언어를 사용하는 것도 이 범주에 속한다. 훤히 알고 있으면서도 묵인하거나 용납할 수밖에 없는, 고정관념을 깨뜨리는 한 방법이기도 하다. 다른 말로는 일상어를 향한 새침데기라고 할 수 있을 것이다.

고정관념이 깨지면 새로운 시야가 열린다. 들을 수 없었던 소리가 들린다. 러시아 형식주의는 그 보고 듣게 된 것을 낯선 언어로 표시할 수 있는 기교를 강조하고, 형식이 내용을 지배한다는 전제前提를 내세우고 있다. 그렇다고 형식과 내용의 가치와 비중을 다르게 취급한다는 의미는 아니다.

이 부분을 더 깊이 이해하기 원하면 츠베탕 토도로프(Tzvetan Todorov)의 저서 『러시아형식주의—문학의 이론』을 읽어보기를 권한다.

위 단락들의 내용은 의식의 범주가 고정관념에서 벗어나야 시 창작의 진전이 있다고 강조하기 위해서 거론한 것이다. 책 뒤의 내용부기內容附記23)를 참조하면 이 부분의 인지認知가 보다 넓어질 것이다.

다음의 내용은 습관화된 인식을 버려야 상상력이 살아난다는, 이 단원에 붙이는 곁가지이다.

시를 쓰기 위해 시적재료로 삼은 대상이 있다면 거기 부여할 새로운 가치관과 존재성 발견을 위한 접근이 반드시 요구된다. 접근은 '관찰'를 전제하는 것이다. 난처할 때가 있다. 접근과 관찰의 방법이 습관화된 인식에 붙들려 있고, 대상의 실상파악은 막연해서 일상 언어의 시어詩語 사용에 주춤거리는 경우가 그렇다.

언어는 우리 삶의 소통을 위한 기호(sign)이지만, 뜻의 형식을 상징하는 기표(signifiant)이기도 하다. 이 기표에 리듬이 가해지면 음악이 된다. 기표가 그림으로 그려지면 미술이다. 이것을 취합하여 숙성시킨 문자로 형상화해낸 것이 시詩다. 시는 음악(리듬)과 그림(이미지)을 다 포함하고 있다.

의미를 더 확장해보자면, 시의 기표는 삶의 가치를 표현해 나타내는 상징이다. 암시이다. 함축하는 형식이다. 시의 형식이 삶의 가치 규범이 될 수 있다는 이 상상력은 얼마나 오묘하게 환한가! 삶이 시와 같다는 말은 또 얼마나 아름다운지. 우리가 습관화된 인식을 버릴 수 있다면, 우리의 삶 또한 그렇게 신비하게 변화될 수 있을 것이다.

11. 창의력으로 만드는 문학 장치

현재를 사는 우리의 마음상태가 많이 달라졌다. 사고思考보다 감각을 더 많이 의지하는 것 같다. 21세기가 되면서 더욱 두드러진 현상이다. 정치, 경제, 문화 등등의 관계성은 물론 종교적 리더십 표출에도 나타난다. 시대적 현상이라면 그뿐이겠지만, 감각에만 매달려 만든 결과들이 그렇게 아름답지만은 않더라는 사실을 우리는 이미 많이 경험했다.

문학창작도 예외는 아니다. 예술행위는 당연히 감각을 중요하게 여긴다. 그러나 사고의 뒷받침을 받지 못하여 착각을 일으킨 경우가 많다. 엉뚱함을 상상력과 동일시하기도 한다. 상상력과 창의력은 분명 다른데, 이를 같다고 혼동하는 일도 너무 흔하다. 누구나 다 생각하며 산다고 여길 테지만, 그 생각이 꼭 올바른 사고가 아닐 수 있음은 잘 모르는 것 같기도 하다.

지금 혹시 생각과 사고가 정말 성질이 다른 것이냐고 묻고 싶은지? 인정사정 보지 않고 정확하게 말해야겠다. 다르다! 아주 엄밀하고 예민하게 따져야 할 만큼 다르다. 생각은 '이런 저런 분별력'에 관한 것이지만 사고는 '상상력과 창의력'을 포함하기 때문이다. 생각과 사고의 차이가 이렇다. 상상력은 천부적 재능이고, 그 타고난 범위 안에서 얼마든지 발휘가 가능하다. 하지만 아쉽게도 증가시킬 수는 없다. 흔히 상상력을 키울 수 있다고 말하는데, 이는 잘못된 어법이다. 상상력이라는 단어의 자리에 창의력이라는 말이 들어가야 한다. 우리는 여태 이 부분에 착오를 일으켰다. 상상력에 한계가 있다는 사실을 잘 모르거나 인정하지 않았다. 부득불 이 한계를 넘어서려고 고집하다가 망상으로 변질시킨 경우도 발생했다. 이 경계의 작용이 선의적善意的이거나 낭만적으로 나타나면 환상(fantasy)이다. 사람 마음에 동경심을 주지만, 망상은 타자他者의 심리에 충격을 가하는 정신적 테러리즘의 또 다른 말일 뿐이다. 망상이 현실로 실행되면 불특정다수를 향한 육체적 테러가 된다.

그런데 상상력에 한계가 있다는 것은 사람을 무시하는 말이라고? 그래서 너무 건조하다고? 천만에! 사람이 그렇게 대단한가?

물론 인간의 상상력이 선량하게 작용될 때도 많다. 그러나 지금까지 이어온 동서양의 역사를 읽고 그 흐름의 과정에서 끼쳐진 영향을 살펴봤는지. 바벨탑을 비롯해서 역사의 강에 흐르는 피는 다 상상력을 제멋대로 다룬 망상 때문에 일어난 일들로 말미암는다. 이렇게 말하면 인간이 너무 하찮게 여겨지지 않겠느냐, 반문하고 싶겠지. 의기소침해질 필요는 없다. 대안이 있으니까. 창의력이다. 얼마든지 발달시켜 자꾸 키울 수 있다. 피조물의 으뜸인 사람의 아름다움은 상상력보다는 창의력 때문이다. 만물의 본질을 관념이 아니라 구체적 실체(존재 이유와 목적의 가치)로 살펴서 서로를 세우고 북돋고 살리고 다스릴 수 있는 힘이어서 그렇다. 동의할 수 있는지? 이는 시 언어표현을 적확하고 크게 사용하는 능력을 키우기 위해서도 반드시 알아야 할 사실이다. 창의력은 fantasy가 아니다. 꿈(vision)꾸는 능력이다. 환상과 동경을 모두 끌어안는다. 단순하게 말해서 상상력은 사고를 확장해나가는 힘이다. 창의력은 나와 우리 주변에 주어진 것을 발전시키는 능력이다. 상상력이 잠재했던 것을 끄집어내 주더라도 범위에는 한계(limit)가 있다. 확장의 최대치에 이른 다음 고갈될 수 있다는 뜻이다. 지나치게 끄집어내며 브레이크를 사용하지 않으면 망상의 병이 찾아와 파괴와 소멸의 벽에 부딪는다. 반면에 창의력은 사고의 발전(generation)이다. 상상력이 지닌 기능의 발휘라면, 창의력은 허락된 것을 취합해서 확대재생산하는 능력, 즉 기능의 재창조라고 할 수 있다.

문학창작은 타고난 상상력이 발휘하는 언어의 '의미'에 창의력으로 확대재생산한 사실(직관과 사유, 이야기의 창조)을 덧입히는 것이다. 이렇게 글 속에서 만들어지는 상황전개에는 상수常數와 변수變數를 먼저 설정해둘 필요가 생긴다.

『심청전』을 예로 들어보자. 눈먼 아버지를 위해서 딸이 자기 몸을 팔았던 일이 상수다. 바다에 던져질 때까지의 갈등과 건져진 다음의 사연이 변수로 작용한다.

상수 설정은 문장의 골격 세움과 같다. 문장의 골격을 보고 독자는 그 글이 어떤 형태의 집이라는 것을 파악한다. 소통이 시작된다는 뜻이다. 그다음이 골격에 옷을 입혀서 상수의 실체(사실, being)가 빛나도록 조정하는 일이다. 글의 골격에 균형이 잡히면 덧입혀지는 옷(변수)에 따라 갖가지 아름다움이 나타난다. 문장이 발휘(상수에 변수가 작용하여 만드는 이야기)하는 힘을 통하여 적극적 공감이 발생한다. 『껍데기는 가라』, 『타는 목마름으로』, <잎새에 이는 바람에도 나는 괴로워했다> 등등의 문장을 떠올려보면 뜻이 더욱 명확해질 것이다. 글의 상수 설정과 변수 조정에 창의력이 개입하면 놀랍고 흥미진진한 작품이 만들어진다.

심청전을 다시 살펴보자. 눈먼 아비를 위해 공양미 삼백 석에 몸을 팔기로 했다. 상수가 설정된 것이다. 그다음 자기 대신 아버지를 돌보아줄 사람으로 뺑덕어미가 등장하여 갖가지 사연과 갈등이 발생했다. 변수의 작용이다. 그러다가 결국 인당수에 던져졌다고 결말지어졌다면, 아주 효녀였던 규수의 흔히 들을 수 있는 시시한 이야기로 끝나고 말았을 것이다. 그런데 어찌어찌하여 심청은 중전마마가 됐고, 맹인들을 위한 잔치를 열자고 임금을 졸랐고, 잔치에 참석한 심봉사가 심청이를 만났고, 딸의 목소리를 들은 아버지가 이게 꿈이냐, 생시냐를 외치면서 눈을 번쩍 떴다. 상수로 설정됐던 심봉사의 눈이 뜨이며 상황에 반전反轉작용이 일어났다. 여태 우리에게 회자되는 까닭이다. 물론 상수와 변수만으로도 충분한 이야깃거리가 될 수 있다(로미오와 줄리엣 등등). 그러나 심청전처럼 반전이 생긴 이야기는 상당한 여운을 남긴다.

반전은 예상치 못한 상황의 돌출인데, 이는 작품의 극적효과를 크게 만들어주는 문학 장치이다. 창의력이 개입(적극적으로 동조하게 하거나 심정적으로 말할 수 없을 만큼의 안타까움을 자아내는 등등)하여 만들어낸다.

제 2부

시가 하는 말
들어주기

1. 시가 하는 말

언어가 요란하고 거친 사람은 심성이 황폐하고 格격까지 볼품없는 경우가 많다. 말의 모양새가 그렇다는 것은, 품은 뜻과 마음가짐의 태도가 쓸 만하지 않고 보아줄 만하지도 않다는 것과 같다. 안타깝게도 그런 거칠고 천한 말의 전염성은 주변에 강력하게 작용한다. 그 말과 기품의 꼴이 같을 텐데, 오히려 그 말의 파장이 주변에 아무렇지 않게 작용한다는 사실이 놀랍고 이상하다.

가끔씩은 소위 말하는 높고 좋은 자리에 있다는 이들이 TV에 출연한 장면을 보게 된다. 그곳에서도 품위유지에 신경을 쓰는 모습은 역력하지만, 단련이 부족한 사람인 것을 스스로 노출하는 모습을 많이 봤고, 다른 사람을 손가락질하는 듯한 말꼴에 혀를 찼던 적이 여러 번이다. 이런 일들은 우리 주위에서도 흔하다.

기품은 타고나는 것인데, 여기에 머물지 않고 더욱 자신을 연마하여 나타내야 참된 기품이다. 이때 그 기품에서 풍겨지는 향기는 인간이 내뿜을 수 있는 가장 충실한 격格의 냄새가 아니겠는지.

진정한 품격은 향기와 같다. 억지로 풍겨지는 것은 단지 어떤 냄새일 뿐이지만, 향기는 저절로 풍겨 나와 주변을 고상하게 감싸주는 은은함이다. 요란하지 않다.

격을 갖춘 언어 역시 마찬가지이다. 교언영색巧言令色하지 않는다. 담담한 몇 마디의 말로도 충분히 사람의 심금心琴을 울려준다. 이해타산과 오만방자한 자기 존재증명의 수단 따위는 개입시키지 않고, 처음의 발성과 나중의 소리에 일관된 무게가 담긴 정갈한 공명의 집합이기 때문이다.

사람의 정서에 울림을 주는 기표(signifiant)가 언어로 형상화된 것이 詩다. 그 소리의 파장이 아름다운 공명을 일으키면 향기가 풍겨 나온다.

시는 이렇게 언어의 격에서 가장 높은 곳에 있다. 사람 사는 일의 인지상정과 희로애락과 생로병사의 한계까지 다 끌어안아준다. 서러움과 그리움과 고마움과 안타까움의 호소를 들어줄 귀를 기다린다. 이 호소의 다른 말이 서정抒情이다.

2. 감상주의(sentimentalism)와 사람을 껴안아주는 시

센티멘털리즘[24)은 감정과잉과 감상感傷의 강조를 말한다. 정서상태를 과장해서 표현할 때 흔히 사용된다. 특히 멜로드라마 같은 대중적 오락물에서 두드러진다. 감정을 충동하고 호기심을 불러일으키기 쉬운 까닭이다. 대중의 반응에 민감한 특징을 갖고 있어서 인위적 조장이 가해지는 경우가 많다.

시 쓰는 이들 가운데도 누군가는 감상주의에 솔깃한 태도를 보이곤 한다. 엄격하게 말하자면 그런 시 정신은 이미 주체성이 상실됐다고 해야 할 것이다. 시는 사람의 감상을 유도할 필요가 없다. 너, 나, 우리가 '그렇다' '아니다' 혹은 '그럴 수밖에 없다'는 정직한 소통으로 공감을 나눌 뿐이다.

오늘날에는 모든 문화적 현상에 크로스오버(cross-over)[25)를 당연하게 여긴다. 실재하는 어떤 현상일지라도 거기에 절대주체로서의 독점은 허락하지 않으려는 현대인들의 심리작용 때문일 것이다. 그런 면에서 보면 감상주의를 주체로 삼는 것도 그럴듯하기는 하다. 쉽게 반응하고 쉽게 지울 수 있으니까. 그러나 시 쓰는 사람에게는 어떤 사조, 어떤 물결 앞에서도 흔들리지 않을 균형 잡힌 감수성이 요구된다. 시와 시적표현이 다르다는 인식과, 이를 분별할 수 있는 시력을 반드시 지녀야 한다. 튼튼한 시인의 조건이다.

이 부분을 가볍게 이야기해보자. 대중가요를 들을 때 그럴듯한 가사가 전달되면 흔히 "음, 시적인데?" 하면서도 시라고는 하지 않는다. 만약 시와 그것이 같다고 우기는 사람이 있다면 감정과잉이거나 착오라고 말해야겠다. 거기에는 대부분 시적장치가 결여돼 있다는 사실을 모르거나, 모르는 체하기 때문이다. 대중음악 가사의 메시지는 대상을 향한 인식태도의 구체성과 명확성을 지닌 치열한 언어를 잘 사용하지 않는다. 지나친 애상哀傷이나 즉흥을 강조하는 얇음과 가벼움을 확연하게 드러내는 경우가 많을 뿐이다. 유행가 가사의 캐릭터만 그런 것도 아니다. 오늘날의 문화 속에 센티멘털리즘은 넘쳐난다. 정치인이든 연예인이든 혹은 대중 앞에 자주 나서는 지식인들까지 이것을 감동의 수단으로 이용하려고 한다. 문제는 효과가 일회성에 불과할 뿐이라는 사실이다. 찰나적 충동으로 자극받는 마음은 지속성을 갖지 않는다.

시를 쓰는 우리는 이 사실에 분명한 인지가 있어야 한다. 시인의 언어표현은 대상의 본질을 향한 진지함과 인식확대의 필요성이 요구된다. 어떤 대상이든 그 존재성에는 고유의 존엄성이 내포돼 있다. 거기 부여된 의미의 이유를 찾아내는 것은 시인이 감당해야 할 몫이다.

처음 시적대상을 만났을 때는 눈에 보이는 것만 인식할 수 있다. 그다음의 관찰이 이어져야 비로소 눈에 보이지 않는 것까지 헤아릴 수 있게 된다. 감상주의에 솔깃해하는 태도를 버리지 못하면 더 이상의 관찰로는 나아갈 수 없다. 시 창작 방법에 균형감을 지닌 숙련이 모자랄 경우에는 아마 여기까지가 한계일 것이다. 우리는 이런 단계를 넘어서야 한다. 포착한 시적대상이 관계를 맺고 있는 다른 대상에게까지 인식을 확장시켜야 한다. 시는 이런 바탕에서 새로운 세계를 창조해내는 것이다. 직관이 거기 닿을 수 있는 길을 열어준다. 고정관념과 습관화된 인식을 버릴 때 들어설 수 있다. 이 눈의 관점은 아무것도 두려워하지 않는 활달함과, 어디에도 치우치지 않음의 균형으로 향한다. 두려워하지 않으니 깊이 들여다볼 수 있고, 치우치지 않으니 흔들림이 없다.

울림이 있는 시는 직관을 따른다. 일상적이고 습관화된 시각을 버린 것을 말한다. 감상주의에 솔깃해하지 않으며, 대상을 향한 창조적 인식을 확장시키고 있다. 시는 창조적 인식을 미적으로 형상화한 언어예술이다.

관찰하던 사물의 본질에서 어떤 발견을 했다고 하자. 그때부터 알게 모르게 그 사물에 대한 구체적 인식이 만들어진다. 사물을 관찰하며 얻은 통찰력과 반응의 태도가 차츰 창조적 인식으로 전환되는 느낌도 받는다.

창조적 인식이란 대상에게 느끼는 새로움이고 놀라움이며 안타까움일 수 있는데, 이런 것들이 시를 쓰는 동안 맛보는 마음의 경험이다. 이때 나타나는 특성은 시 쓰는 사람이 지닌 삶의 태도가 고스란히 시에 스며든다는 것이다. 갖가지 체험의 기억, 거기 반응하며 발생한 정서가 마음속에서 오랫동안 숙성되면 '실존하는 구체적 언어'[26]로 표현된다. 이 언어는 시인과 독자가 겪은 몸과 마음의 경험에 서로 겹쳐져서(over-lap) 심금을 울려주는 도구로 작용한다.

마음에 울림을 주는 시들은 대부분 둥글고 편편한 형태를 나타낸다. 그런 시를 만나면 한참을 들여다보게 된다. 불현듯 그 시를 쓴 시인의 정서에 스며들어가게 되기도 한다.

"그 사람이 쓴 시를 보면 그 사람을 알 수 있다"는 말은 맹자의 경륜에서 나온 통찰이다.

시를 통해서, 시 쓴 사람의 삶의 태도와 그 가치관과 세계인식의 깊이와 넓이를 감지하게 될 때, 시를 쓴 이와 읽는 이가 서로를 껴안아줄 때, 거기에는 지극한 포옹과 부드러운 어루만짐이 생겼음을 깨닫게 된다. 새삼스러운 감동으로 말미암는 정서적 공감도 어색하지 않다. 시 쓰는 사람이 겪은 삶의 경험, 사물을 통해서 얻은 성숙된 인식, 대상을 향한 태도 등이 허위나 경박함이 아닌 진정성으로 다가오기 때문일 것이다. 부드럽고 천진하게 사람을 껴안아주는 시의 힘은 그렇다.

우리는 먼저 이런 시를 만났을 때의 느낌을 그대로 받아들일 수 있는 힘을 키워야 한다. 시를 읽으며 공감대 확장에 어색하지 않게 된다는 것은 우리의 정서가 순치順治, 즉 어떤 상태와 현상이 내 입맛에 맞지 않는다고 불뚝거리지 않게 됐다는 의미이다.

이때부터 우리의 시심詩心에 어떤 일들이 일어날까?

우선 마음을 열 수 있고, 그다음 자기가 좋아하는 색깔만의 선글라스를 벗을 수 있게 된다. 그 시를 쓴 시인의 인식에서 나온 표현들을 삶의 진실로 여긴다. 그 감동을 맛볼 수 있는(아무나 맛보는 것은 아니다) 마음의 순수함을 회복한다. 이 세상의 세계에 존재하는 모든 사물이 새로운 의미로 앞에 등장하는 것이다. 그 다가옴을 아주 구체적으로 맛볼 수 있으면 한계를 지닌 피조물의 축복이다. 새로운 세계를 볼 수 있고, 그 세계가 발성하는 소리도 들을 수 있으니 우리는 이 언어들과 새로운 사랑에 빠질 것도 분명하다. 지금까지 느끼지 못했거나 발견하지 못한 미지의 부분들이 스스로 존재 드러냄을 확연히 인식할 수 있게 된다. 이 아름다운 정서의 영역이 우리의 삶에서 더욱 확장되고 깊어질 것도 자명한 사실이다. 비록 사소하고 하찮은 것일지라도, 이들에 의해서 마주하는 세계의 의미가 더욱 충실해질 것이다. 生의 진정한 본질 찾기를 추구하는 힘이 새롭게 충전될 것도 분명하다.

이런 것들이 마음의 청결, 올곧음의 회복인데, 올곧음이란 옳고 그름을 따지는 태도가 아니다. 절대대상의 뜻(Logos, λογος)[27]에 나를 일치시킴을 말한다.

3. 구체적 표현의 필요성

시 짓기를 처음 하는 이들이 잘 빠지는 함정이 있다. 독백 형태의 막연한 관념어를 늘어놓고 시로 착각하는 일이다. 물론 처음에는 그럴 수도 있지만 문제를 지우지는 못한다. 인식의 전환이 필요하다. 계속 그렇게 쓰면 공감해달라는 호소가 통하지 않는다. '실감'을 줄 수 없기 때문이다.

시 쓰는 행위에 의미를 부여받으려면 반드시 공감을 나눌 수 있어야 한다. 구체성 제시의 필요성이다. 관념이 아니라 체험적(몸과 생각의 경험) 사실에서만 건져낼 수 있다. 체험적 사실이 감정의 경험과 함께 농익으면 숙성된 정서가 된다.

워즈워드는 시를 일컬어 "강한 감정의 자연스런 발로發露"라고 했다. 이 말에 주목해보자.

우리는 누구라도 그러하듯이 다 강한 감정을 맛볼 수 있다. 열정, 격정, 분노, 혹은 동정, 연민, 긍휼矜恤(불쌍히 여김), 감격 같은 것들이다. 감정의 자연스런 발로를 작위나 억지라고 할 수 없다. 우리의 일상화된 인식은 분노와 같은 일을 충동이거나 억지 같은 것에 연결시키기 쉽다. 그러나 사실 자연스러운 분노는 얼마든지 일어날 수 있다. 듣고 보고 느끼고 생각하여 반응하게 된 정서의 문제일 뿐이다.

시는 위에 열거한 이런저런 감정과 정서를 문자언어로 표현해낸다. 이 정서는 시 쓰는 사람의 주관적 인식에 우선 지배받는다. 강한 감정이 발생했을 때 누구나 다 자기 입장에서 반응하는 것처럼, 시가 시인의 주관적 정서에 지배받는 것은 당연하다. 다만 이 주관을 밖에 내놓을 때는 독자와 정서적 공감대를 나눌 수 있는 장치를 마련해야 한다. 이쪽에서 전하려는 뜻을 상대가 이해할 수 있도록 전달과 표현의 내용이 구체적이어야 한다는 뜻이다.

시인의 생각은 주관적 세계에 속한다. 이를 시의 세계에 형상화하려면 시인의 인식과 정서를 독자가 이해하도록 객관적으로 표현해서 나타내 보여야 한다. 독자들은 흔히 시의 세계가 모호하고 어렵다고 생각한다. 어떤 문학 장르보다 더 주관적이며 자기 표현적 특성을 나타내기 때문이다. 그러나 시인이 독자의 입장을 생각지 않고 자기 내면의식을 혼자의 '허밍'으로만 표현하는 것은 제대로 된 시詩의 발성이 아니다. 올바른 발성법은 비록 서로 다른 음색일지라도 그 소리가 청중의 귀에 올바르게 들리도록 분명히 공명시키는 것이다. 여기에 화음이 덧붙여지면 조화가 발생한다. 소리는 더 아름다워진다.

이와 마찬가지로 시어詩語가 공명해서 그 소리의 파장에 울림이 느껴지게 하는 장치가 '언어의 구체적 표현'28)방법이다. 시적대상을 오감으로, 내면의 느낌으로 감각29)할 수 있도록 묘사하거나 그 특질을 보여주는 이미지가 절대적인 역할을 한다. 여기에 소홀하면 시는 막연하고 모호해서 의미형성조차 힘들어질 수 있다.

독자들이 시의 세계를 이해하기 어렵다고 여기는 것은 시 쓰는 사람들의 책임이다. 독자에게만 시를 읽지 않는다고 탓하면 염치없음일 것이다.

이야기하다보니 위 단락의 끝부분이 이상한 쪽으로 진행됐다. '강한 감정'에 지배받기를 잘하는 글쓴이가 문제는 문제다. 그래도 다음의 말은 사양하지 않겠다는 생각이 자연스럽게 발로된다.

어떤 난해하고 막연한 관념이어서 뜻을 알 수 없고, 납득이 가지 않으며, 구체성의 흔적은 찾아볼 수 없는 시를 읽고 나면 허무하다. 의미부여를 할 수 없는 문자언어가 허공을 날아다니는데, 움켜쥐어

감각해보려는 헛짓을 한 것 같아서 그렇다. 그런 시를 쓰는 태도는 읽는 이들의 공감과 감동 따위는 염두에 두지 않겠다는 것과 같다. 자기가 쓴 시를 이해하든 말든 상관없다는 태도인데, 그럴 바에는 그런 시를 굳이 세상에 내보이는 까닭은 무엇인지.

시에서 구체성 강조는 소통을 위함이다. 혼자만 의미를 부여하고 다른 이는 이해할 수 없이 쓴 것은 시가 아니다. 표현의 구체성은 시가 형상을 갖게 만든다. 대상의 특질을 나타낸 이미지와 묘사, 시적진술 등의 장치가 사용되면 독자는 충분히 공감하며 그 시를 음미할 수 있다.

묘사는 대상을 그림처럼 표현한다. 상황과 상태를 시각적으로 보여준다.

시적진술은 상황과 상태의 언술言述을 독백형태로 들려주는데, 이것이 일반적 설명과 시적독백의 차이점이다.

오규원30) 시인의 「한 잎의 여자」는 직유법의 시적진술을 사용한 시 중에서 가장 큰 정서적 울림을 지닌 시라고 할 수 있다. 『현대시작법』31)에서 그는 "독백은 의미 있는 깨달음을 바닥에 깔고 있는, 정서적 호소력이 큰 표현"이라는 말로 시적진술의 부분을 설명했다.

시적묘사는 언어를 가시화可視化해서 시각적 인식에 닿게 하는 것이다. 시적진술은 언어를 독백의 양상으로 가청화可聽化해서 청각을 향한 호소와 설득으로 작용한다.

위 몇 단락의 부연설명은 본격적인 시 짓기를 시작한 그대가 이미 알고 있을 내용이다. 그렇더라도 이를 다시 잘 되새김질해두면, 관념어가 많이 사용된 일반적 산문을 독백형태의 시라고 착오했던 상태에서 벗어날 수 있다. 물론 방금 말했던 가시화와 가청화는 '구체적'으로 보여주고 들려준다는 뜻이다.

4. 구체적 표현의 진실성과 개성적 표현의 독창성

시 쓰기를 처음 시작한 이들과 대화하다보면 글쓴이의 습작기 시간들이 떠올려지기도 한다. 그때는 마음속 상념을 표현하는 방법이 일방적, 감상적이기 일쑤였다. 어떤 부분에는 현학적 문장표현을 섞어야 그럴듯한 글이 되는 줄로 알았다. 참 오래전 이야기인데, 아직 시 창작에 익숙하지 않은 이들도 이와 다르지 않은 것 같다. 감상적 표현을 즐겨하거나 난해하고 복잡한 표현을 구사驅使하는 것. 이는 시 창작의 오해이거나 치우침이라고 말해주고 싶다.

시에서 가장 바람직한 표현방법은 주관의 객관화[32]이다. 시적대상을 살펴보며 얻는 새로운 발견과 깨달음은 시인의 주관적 정서일 뿐이다. 이것이 시 형식을 통해서 밖에 내보여질 때는 철저히 객관화된 표현방식을 따라야 한다. 자기세계의 울타리에서 이 세상의 세계로 내놓여질 때는 반드시 소통의 수단이 필요하다. 입장과 처지가 다를지라도 서로 맞닿고 용납되며 스며들어 통행할 수 있어야 한다는 뜻이다.

개인의 절대적 주관을 보편으로 객관화하지 않으면 정서적 소통은 이루어지지 않는다. 사고의 깊이와 넓이가 개성적 주관을 객관화, 보편화시킬 수 있을 만큼 성숙해져야 한다.

객관은 설득력과 연결된다. 설득력이 강하면 상대를 내 의지대로 움직일 가능성이 커진다. 내 주관을 납득시키기도 쉽다. 내면의 독단을 외부로 보편화(공감형성)시킬 방법모색이 독단의 순치인데, 이럴 경우에만 시인의 주관이 설득력을 갖게 되는 것이다. 주관으로 내보인 개성도 독특함으로 받아들여지게 된다.

시인의 절대적 인식을 독자에게 이해시키는 것과, 서로 소통된다고 느끼게 만드는 것과, 시에서 만나게 된 이런저런 상황과 상태에 전환의 여지를 주는 것이 공감대 형성이다. 이런 설득력을 갖기는 절대 쉽지 않다. 화자話者의 때 묻지 않은 순수함과 정직성이 나타날 때만 효력을 발생시킬 수 있다. 누구나 받아들이고 납득할 수 있는 언어와 그 표현방식을 찾는 일도 마찬가지다. 언어 다루는 기능에 숙련돼 있어야 가능할 것이다. 서로 공감하고 싶다는 진정성이 바탕이어야 실현될 수 있다.

"이것은 무엇을 의미하는 것일까? 하는 말은 감동을 주지 못하는 시인에 대한 비난이다. 모든 비난 중에서 가장 치명적인 비난이다."

피카소와 절친했다는 시인 막스 자콥(Max Jacob)[33]의 직설적인 말은 여러 가지 뜻을 담고 있다. 공감을 주지 못해서 설득력이 떨어지는 단어를 나열해 놓는 것, 뜻을 분간할 수 없는 난해한 글자들로 시를 장식하는 것, 여운은 무시되고 뜻이 오용됐으며 상상력과 전혀 상관없는 알지 못할 함축성과 암시성을 빙자한 단어, 이런 것들을 중얼거리듯 진열해 놓은 시는 그 가치를 따질 것도 없이 비난 받아 마땅하다는 뜻이다. 시의 규범에서 살펴볼 때도 이 지적은 정말 옳은 말이다.

시 표현이 갖춰야 할 중요한 덕목은 진실성과 순수성이다. 순진무구純眞無垢함은 상태를 있는 그대로 받아들이게 하는, 즉 정서적 공감대 형성을 위한 최선의 방편이다.

조지훈[34] 시인은 다음과 같이 말했다.

"아이의 천진한 눈, 억지로 꿰맨 자국이 없는 글 솜씨, 순순하면서도 거침없는 문장으로 돌아가는 일, 개성적인 솜씨로 소재를 다루더라도 문장표현은 온건하고 진실해야 한다."

표현의 진실성은 글 쓰는 사람의 마음에서 우러난다. 진심에서 돋아나온 것이 진정성을 확보할 수 있다.

옛 글에도 "시는 폐부에서 나오며, 마음에서 우러난 것만이 믿음직하다"고 쓰여 있다. 폐부와 마음에서 우러나온 글은 뜻이 막연하지 않다. 솔직하다. 구체적이다. 그래서 절절할 수 있다.

울림을 주는 시는 추상적, 관념적 표현은 거의 사용하지 않는다. 체험적 진실성과 순수함을 드러낼 뿐이다. 이것은 시에 생명을 불어넣는 근본적 힘으로 작용한다.

각자의 체험과 거기에 반응한 순수함은 다를 수밖에 없다. 모든 시에는 시 쓴 사람의 독자적인 설득력과 독창성이 발휘된다. 언어의 독창성은 표현이 매우 새롭다는 뜻이다. 언어의 독자적 창조는 시인만의 고유한 개성을 나타낸다. 시가 독자적으로 살아 있게 하는 중요한 부분이다.

그렇다면 독창적 언어를 사용할 수 있는 이 힘은 어떻게 얻을 수 있을까? 사물을 보는 시각을 자기만의 독특함에 맞추면 생기는 것일까? 다른 이가 보지 못하는 것을 볼 수 있도록 관점의 범위를 넓히고 깊게 하면 얻는 능력일까? 이는 또 어떻게 만드는 것일까?

어떤 대상(사물)이 앞에 놓였다. 이때의 일반적인 관점은 이미 알고 있으며 느끼고 있던 부분만 습관적으로 인식하는 것이다. 이렇게 늘 당연하게 여기던 일상적인 감각에서 벗어나지 못하면 보이지 않는 미지의 세계를 발견해낼 방법이 없다.

시인은 사물의 감추어진 세계를 발견해내고 이를 자신만의 독자적 눈으로 해석해서 보여주는 사람이다. 이때 시인이 표현하는 언어의 독창성과 개성은 언어를 다루는 기교로 좌우되지 않는다. 대상을 향한 통찰력과 성숙한 사고 속에서만 발현發顯시킬 수 있다. 발현이란 분명하게 나타내서 생생하게 보여줌을 뜻한다. 시인이 지닌 언어의 창조성35)에서 솟아오른다. 이런 언어가 사용된 시는 독자에게 새로운 경험의 세계를 확대시켜주고, 앞에 제시된 세계를 새롭게 확장시켜 나갈 길을 보여준다.

5. 시의 구체적 실체

시의 구체적 실체라는 말에 친숙해졌을 것이다. 이미지와 상징 등 시적장치를 통해서 합당하게 존재성을 드러낸 모든 언어표현의 대상을 말한다.

시인이 생각(관찰, 내면인식의 숙성)하며 느끼고 발견한 모든 것들은 이미지로 묘사되거나 상징, 진술, 독백 등으로 그 정체를 드러낸다. 이 부분의 범위는 크고 넓다. 세밀한 파악은 시 창작 태도와도 연결될 수 있다.

이 단원에서는 아직 시 쓰기에 익숙하지 않은 이들이 빠져들기 쉬운 표현방식의 너덧 가지 유형을 먼저 이야기하려고 한다. 잘 새겨서 튼튼한 시를 쓸 바탕다지기를 하기 바란다. 지금 사용하는 시 언어가 시 창작 언어표현에 합당한지 아닌지 분별력이 생길 것이다.

1) 추상적 표현을 철저히 배제할 것이다

호소력이 있는 시를 쓰려면 절대 가까이하지 않아야 한다. 추상적 표현은 내용이 들떠 있어서 뜻이 막연하고, 어정쩡하고, 아리송하고, 구체적이지 않음을 말한다. 그 시 세계에 깊이 들어갈 방법을 찾기 어렵다. 의미와 가치가 없는 표현이라는 뜻이다.

2) 감상적 표현을 삼갈 것이다

개인적 감상의 넋두리와 푸념은 엄밀한 의미에서 시가 아니다. 독자는 이런 감정풀이나 넋두리를 들어줄 이유가 없다. 애써 참고 읽는다 한들 감상感傷표현은 시적장치로 적용된 접근성이 아니어서 난처할 뿐이다.

워즈워드의 말처럼 시적표현은 '감정의 자연스런 발로'이다. 시적
장치를 통해서 여과되고 예술의 경지로 전이轉移된 감정표현을 말한
다. 감상주의와는 전혀 상관없다.

3) 상투적이고 장식적인 표현은 쓰지 않을 것이다

장식적 표현을 무의식적으로 사용했다면 퇴고의 과정에서 반드시
바로잡아야 한다. 의미 없는 언어나열이기 때문이다. 시 쓰는 사람
은 언어표현을 아름답게 하기에 적극적인 욕망을 갖고 있다. 장식적
표현을 피하기 어렵다. 산문을 읽다가도 아름다운 문장을 보면 시적
이라고 말할 정도이다. 조심해야 한다. 아름다운 표현을 위해서라며
시적대상을 꾸미고 장식하려는 태도는 의식의 허영일 수 있다.

사실 글쓴이도 습작기 때는 이런 태도를 버리기가 쉽지 않았다.
그러다가 어느 날, 튼튼하고 울림이 있는 시에는 장식적 표현이 거
의 들어 있지 않더라는 사실을 깨달았다. 과장해서 말하자면 고려
시대의 문장가 이규보가 말한 자득自得의 언저리에 겨우 닿았던 것
이다. 쓰는 일을 시작한지 한참이 지나서야 얻은 결실이었다. 그대
는 지금 이 부분을 읽으며 상투어와 장식어가 오히려 '시적울림'에
걸림돌이 될 수 있다는 사실을 알았을 테니 즉시 그런 습관을 고치
면 좋겠다. 깨닫기까지 걸리는 많은 시간을 절약할 수 있을 것이다.

장식적 언어가 많은 시는 그 장식에 묻혀서 '울림'이 잘 일어나지
않는다. 이 사실을 꼭 기억해두기 바란다.

4) 기계적이고 피상적인 표현은 사용하지 않을 것이다

기계적이란 말은 맹목적이란 말과 같다. 틀에 박힌 사고방식과 행동습관이다. 이런 태도를 시 창작에 드러내면 그 대상인식은 능동적이며 탐구적이 될 수 없다. 형식적인 관찰과 느낌만을 언어로 옮겨놓는 무감각한 창작태도가 나타날 것이다. 그대가 잘 알고 있다시피 피상적皮相的 표현이란 껍질만 만져봤을 뿐, 속 알맹이의 감각은 맛보지 못한 것을 말한다. 체험적 요소는 들어 있지 않다. 들어 있는 척, 맛본 척해도 체험적 인식은 아니다. 대상의 본질을 향한 치열한 사고가 결여된 막연함에 불과하다.

이 말을 듣고 무슨 생각이 떠올랐는지. 대답하기 곤란하다고? 대답하지 않아도 괜찮다. 다 알고 있으니까.

다만 지금은 이렇게 말해두고 싶다. 피상적 표현은 시 창작에서 책임 있는 언어표현의 태도가 아니다.

「그다음으로 할 이야기는 **현학적, 철학적 내용을 직접적으로 나타내지 않을 것이다.**

현학적 표현은 추상을 조금 다듬은 것일 뿐이다. 특징은, 막연한 상념을 내세워서 마치 대단한 깨달음처럼 한 수 가르쳐주겠다는 식의 표현이 나타날 경우가 많다는 것이다. 때로는 아포리즘(aphorism)[36]의 탈을 쓰지만, 아포리즘은 시가 아니다. 은연중에 노출하는 자기과시일 수 있다. 창작태도가 이렇다면 딱하다. 그러면서 굳이 시를 써야 하는 이유가 무엇인지. 이런 부류에 속한 시는 아직 덜 성숙한 시보다 더 격格이 떨어지는 시라고 할 수 있다. 문제는, 이런 시들이 언뜻 보면 많이 고민해서 쓴 제법 그럴듯한 시로 보인다는 것이다.

응? 글쓴이의 그때, 그 시들이 바로 그 표본이 아니냐고? 참내, 또 정곡을 찌르는 것 같은 표정으로 사람을 난처하게 만드는군. 만약에 아주 젊은 날, 어쩌면 아직 젊기도 전이었던 그 시절의 글쓴이 시 몇 편을 읽어보았다면, 속에 뭐가 좀 들어 있는 인간같이 보이고 싶어서, 사실은 아직 형상도 제대로 못 갖췄던 풋것이 원숙미를 나타내 보이려는 자기과시의 철부지 짓이었다고 말하고 싶겠지? 말해주겠다. 그것은 안목에 관용이 부족한 그대의 관점일 뿐이다. 비록 미숙했을지언정 당시에도 내 시 쓰는 태도에 허위의식 따위는 담겨 있지 않았다. 아주 거리낌 없는 이 답변이 믿어지시는지.」

문장부호 낫표에 담은 위 내용은 이 단원, 시의 구체적 실체에 붙은 곁가지이다. 처음에 진지하게 쓰다가 우스갯소리 등을 넣어서 긴장을 흩어놓고 엉뚱한 결말을 연상하게 하는 것이 돈강법頓降法(bathos)[37]이라고 말해주고 싶었기 때문이다. 이런 형식은 아주 드물게 시에서도 볼 수 있지만, 대부분 산문이나 연극 등에서 활용된다.

6. 암시성과 문맥, 운율과 압축된 언어

습작기의 시는 대체로 대상에게 느끼는 내면인식의 설명이 많다. 이를 모두 생략한 것도 물론 있다. 설명하면 지루하고, 생략하면 의미파악이 어렵다. 주관의 객관화는 정서적 공감을 위한 필요사항이다. 그런데 시인의 주관적 정서에 설명이 많이 붙으면 긴장감이 떨어진다. 시적 상상력을 맛보고 싶은 독자의 몫이 줄어든다. 흥미가 없어질 수밖에 없다. 반면에 시인의 주관적 정서에 설명을 아예 생략해버리면, 아무 맛도 보여주지 않는 메마른 상태의 무미건조함일 뿐이다. 소통 통로의 차단이다. 공감대 형성의 길을 처음부터 막아버린 것이다. 시에서 시인의 주관적 정서를 설명할 방법을 생략해버리는 것은, 그 시에 구체성 제시의 노력과 암시성 부여의 필요조차 느끼지 않는다는 말과 같다. 그렇다면 시가 아니다.

시 언어는 함축[38]적, 내포[39]적이라고 하는 말을 잘 이해할 필요가 있다. 의미를 훤히 노출하지는 않지만 정서교감이 가능할 정도의 암시성은 제시하라는 뜻이다. 역설(paradox),[40] 상징, 비유 등이 다 암시성을 바탕으로 한다. 암시성이 강한 시는 설명을 거의 하지 않는다. 읽기가 어렵다. 그러나 시적장치가 충실하게 적용(구체성 확보가 반드시 포함된다)되면, 그 시는 독자에게 풍부한 상상력을 제공해준다. 암시성이 제시하는 새로운 의미탄생에 동참하게 만든다. 의미의 한 부분을 통해 전체를 상상하게 되고, 의미에 공감할 수 있으며, 더 나아가서는 그 의미를 통한 주체적인 미적 체험을 맛볼 수 있게 한다.

혹시 그대는 경물을 숨기면 경계가 더 커지고, 경물을 드러내면 오히려 경계가 작아진다는 말을 들어봤는지. 그냥 글쓴이가 앞서서 가보라고? 알겠다. 의미가 훤히 들여다보이는 시는 싱겁다. 그러나 암시성이 강한 시는 의미를 숨기고 있다. 그 숨겨진 것을 상상할 수 있고 그 비밀풀이의 기대를 갖게 한다. 비록 뜻이 숨겨진 언어표현일지라도 독자에게 새로운 의미 발견의 이정표로 작용할 수 있다. 그렇다고 암시성을 빙자한 뜻 모를 언어에게는 자리를 내줄 필요가 없다. 뜻이 모호模糊하고 어정쩡한 언어표현은 암시성이 아니다. 무의미의 언어일 뿐이다.

이런 이유에서 시적장치라는 말뜻을 다시 새겨보도록 하자.

시적장치는 이미지, 비유, 상징, 진술, 묘사 등으로 제시된 문장 표현법의 기능을 말한다. 이 기능을 작동시키는 언어는 구체성을 확보하고 있어야 한다. 암시성을 지닌 표현일지라도 반드시 대상의 '특질'을 고스란히 품은 어법이어야 시적장치의 충실한 적용이라고 할 수 있다.

흔히 "발을 끊었다"와 "발길 닿는 곳으로"와 같은 말을 들으면 어떤 느낌이 오는지.

위 두 문장의 중심의미는 발인데, 문맥의 구조가 바뀌면 그 의미도 바뀌는 것을 알 수 있다. 위에 예로 든 문장에서도 사람의 수족이 실행하는 역할과 뜻과 시제時制가 어떻게 다르게 나타나는지 볼 수 있다. 의미전달을 목적으로 하는 이런 설명적 문장도 문맥에 따라서 의미는 전혀 다르게 전달된다. 시에는 이런 부분이 더욱 두드러진다. 함축적, 내포적 의미를 지닌 언어를 더 자주 사용하기 때문이다. 특히 시 문장의 문맥은 시어詩語가 시어로써 구실하게 하는 밑바탕으로 작용한다. 문맥의 배치에 따라 설명적 언어들이 상징, 함축적 의미가 될 수 있다. 전달목적의 설명적 언어가 함축적 역할을 수행하게 되면 시어로서의 특성이 함께 나타난다.

문맥은 운율과도 밀접한 관계가 있다. 문맥의 뉘앙스와 효과를 극대화시키는 key를 운율이 쥐고 있기 때문이다. 문자언어에 가락을 형성하는 것이 운율이다. 시를 읽다가 자연스럽게 가락을 느끼는 경우는 시의 음악적 요소가 작동하는 까닭이다. 우리 모국어는 이런 특성이 강하다. 풍부하고 풍성한 의성어, 의태어를 포함하고 있다. 운율은 언어자체가 지닌 소리에서 발생한다. 시의 구조나 형식, 분위기와 어조語調, 문장의 호흡, 음절音節의 수와 음보音譜의 형식, 음운音韻의 감각이 반복됨으로써 형성되기도 한다.

위 몇 단락은 모국어를 쓰는 우리에게 굳이 설명할 필요가 없을 만큼 익숙한 부분이다. 그렇더라도 문맥의 구조와 운율형성의 방법을 더 세밀하게 터득해두면 흥미로운 시를 창작할 수 있을 것이다. 가락(운율)이 견실한 언어는 사람을 들썩이게 만든다.

소설은 그 작품 속의 화자(서술자)가 '사건의 연속'을 이야기한다. 상황과 상태와 현상을 묘사하고 진술하는 진행방식이다.

시는 대상의 상태와 상황과 그로 말미암는 현상의 통찰과, 이 통찰이 집중된 순간의 직관언어이다. 시 언어가 목적성을 지녔다는 말의 까닭이 이것이다. 우리의 정서에 사무치는 순간(희열로 벅차오름과 감각의 자지러짐과 심금의 울림이 아득히 가라앉음을 다 포함해서)들은 언어의 결정체로 형상화될 수 있기를 기대한다. 시 언어는 사건, 상황과 상태의 현상을 묘사하고 진술하는 것이 목적이 아니다. 대상에게 발생한 직관, 그 직관을 이끌어낸 내면에서 충분히 숙성된 인식의 발현이다. 그런데 이런 까닭의 결과를 굳이 설명하면 산문이 된다. 직관의 시 언어는 간결함과 압축을 특징으로 삼을 뿐, 대상을 향한 통찰을 늘어놓지 않는다. 오로지 그 특질을 우리의 오관이 감각하도록 이미지로 보여줄 뿐이다. 그 무게가 하나하나 설명으로 나열해도 괜찮을 만큼 가볍지 않다.

김준오[41]의 『시론』은 "산문은 축적의 원리에 대한 설명이지만 시는 압축이 그 본질"이라고 말한다. 축적은 하나하나 쌓아올려 부피를 늘리는 것이지만, 압축은 군더더기가 들러붙을 여지餘地를 없애 부피를 줄이는 것이다.

이처럼 시에서 차지하는 언어의 무게와 비중은 산문에 비교할 수 없이 깊고 무겁다. 이 언어를 잘 다룰 수 있는 고도의 기술과 엄격한 태도가 요구된다. 자기 시 언어에 책임지겠다는 인식태도는 여기서부터 시작되는 것이다.

"완성이란 덧붙일 것이 없을 때 이루어지는 것이 아니라 버려야 할 것이 아무것도 없을 때 이루어진다."

생텍쥐페리(Antoine de Saint-Exupery)의 이 말은 글 쓰는 부분만 언급한 것이 아니라는 인식을 갖게 한다. 삶의 깊은 체험과 통찰이 담겨 있는, 관념만으로는 말할 수 없을 저 짧은 문장의 절절함 때문이다. 집착의 덧없음과 꾸밈의 덧붙임에 매달려 있을 이유가 없다고 말하는 것 같다. 시를 쓰는 삶과, 글을 마주하는 우리의 태도에도 이를 능가하는 부분이 있어야 한다고 말하고 싶다.

한 편의 시에 속엣것을 다 풀어 넣으려 할 필요는 없다. 의미는 압축하고 내용은 간결한 문장을 만들어야 한다.

그대의 습작 중에도 속엣것을 다 풀어놓은 시가 있을 것이다. 간결하게 압축해서 써 놓은 시도 물론 있을 것이다. 어쩌면 이런 시를 쓴 다음에는 할 말을 다하지 못했다는 아쉬움도 맛보았을 수 있다. 그러나 지금 그 두 편의 시를 서로 비교해보라. 언어압축의 노력이 담긴 시는 스스로에게도 의외의 울림을 주고 있지 않은지.

장식언어가 눈에 띄면 본질은 희미해진다. 의미를 자꾸 확장시키면 본질의 초점이 흐려진다. 이를 잊지 않으면 시 쓰는 일의 발걸음이 더욱 활달해질 것이다.

제 3부

시는 뜻을
지니고 있다

1. 시가 지니고 있는 뜻

많은 사람들이 언어구사력을 표현능력의 으뜸이라고 인식한다. 자기표현은 나를 정확하게 알리고 싶다는 몸짓이다. 자기 존재성을 인정받기 위한 수단이기도 하다. 이때 내 존재의식을 상대에게 관철시키고 싶은 욕망이 솟구치면, 언어에 포장과 장식과 힘과 능력의 과시가 따라붙기도 한다. 관계성에서 역할을 인정받음과 그 범위의 확장은 신뢰가 바탕이다. 포장이나 장식, 힘과 능력의 과시가 아니다.

이 신뢰의 확인과 전달의 부분에서 어떤 일들은 말보다 글이 더 신실함을 느끼게 한다. 나를 제대로 인식시키고, 상대를 올바르게 인지하는 일에서 일회성의 언어보다 의미의 지속성을 지닌 문자가 훨씬 효과적이라는 뜻이다.

자기표현에는, 지닌 가치관과 숨은 포부와 타고난 재능과 키워온 기능을 상대에게 올바로 알리려는 노력이 포함돼 있다. 이럴 때에 즉각적인 면, 즉 뜻의 즉시 전달에는 글이 말의 순발력에 뒤질 수 있지만, 전달내용의 지속성과 신뢰의 부분에서는 말이 따를 수 없는 장점을 지니고 있다.

　누구에게나 고유한 언어습관이 있다. 이 언어태도와 표현방식은 속해 있는 집단의 구성원들에게 보편화된 특성을 나타낸다. 유행을 따라가는 경향도 보인다. 어떤 집단에 속해 있다 보면 그 집단에 일반화돼 있는 표현방식이 각 개인의 가치관과 다르다고 느낄 수 있다. 그러나 사물을 보는 방식과 초점은 이미 집단의 틀에 고착화된 현상이 노출될 경우가 많다. 공동체가 부득불 갖게 되는 공통분모 때문이다.

　물론 유별난 경우도 있다. 같은 집단에 속해 있는 또 다른 상대를 무시하지는 않지만, 그 초점이 나와 다를 때 나타나는 적대적 감정 같은 것. 한 가지 사물과 현상을 보는 상대의 각도가 자신과 다르면 "아, 그렇게 볼 수도 있구나. 기발한데?" 하기보다는 먼저 마음이 불편해진다. 나이가 어리고 능력이 뒤떨어진 대상으로 여겼고 놓임새의 차이까지 있다면 아예 속이 뒤틀려버리기도 한다. 그건 그렇다 치자. 상대도 문제가 있을 수 있다. 이쪽에서 "왜 그렇게 보는 거지?" 물었더니 성의껏 이해시켜주기는커녕 "내 맘이야!" 하고 말해버린다면? 그걸 또 자기 개성으로 알고 있다면? 관점이나 표현의 방법을 앞에 놓고 보면 저쪽은 이것이 '개성'인데, 이쪽은 그것이 '꼴불견'이다. 결국 서로의 입장과 방식을 이해 못하는 상호불일치의 대립으로 치닫는다. 답답한 일이다. 서로가 아, 저쪽은 저럴 수밖에 없나보다, 하면 될 텐데.

　응? 사람을 참 낭만적으로 생각한다고? 당연한 일 아닌가? 피조물 중에서 사람이 가장 아름다운 존재성을 지녔으니까. 그 삶을 시로 쓸 수 있으니까.

사람이 부딪는 일은 언제 어디서나 마찬가지였다. 내 존재의식은 내 가치를 인정하고 알아달라고 하는데, 그렇지 않을 경우가 많으니 혈기와 분노와 배척의 감정에 빠지게 된다. 역사 이래로 시기와 질투는 끝없이 이어져왔다.

문자 표현을 예로 들어봐도 그렇다. 똑같은 기록이지만 성격이 차분한 쪽은 반듯한 예해서隸楷書의 정서正書로 정리한다. 반면에 성품이 활달하고 서체에 자신이 있는 쪽은 시원한 행초서行草書로 휘갈겨 써놓기를 잘한다. 그런 다음 한쪽에서는 몇 사람이나 알아보겠느냐고 타박하고 또 한쪽은 그것도 못 알아보는 사람은 어찌할 수 없다며 핀잔한다. 관점과 표현 방식의 불일치로 등 돌리는 일은 흔하다. 문자의 일차적 목적은 기록과 뜻의 전달이다. 표현방식의 불일치로 다툼은 이 본질에서 비껴나간 일이다.

물론 우리나라는 서예書藝라 하고, 중국은 서법書法이라 하며, 일본은 서도書道라고 이름 붙여 문자의 예술작품화를 추구하는 부분도 있다. 이때 그 필치筆致(글 솜씨의 됨됨이)나 기법이 어느 경지에 이르면 작품이라고 일컫는다. 자신이 아니라 밖에서 인정해줄 때 정당성을 인정받는다. 일방적 독주獨走와 불소통의 문제도 발생하지 않는다. 그런데 제대로 익기도 전에 스스로 밖에 내놓고 작품으로 인정해주지 않는다며 어깃장을 놓는 일도 있기는 하다. 그 태도는 미숙함의 증거일 뿐이다. 또 충분히 성숙해서 이미 경지에 들어선 작품이 등장했지만, 친분과 인맥의 관계성에 소외돼 있어서 외면을 당하는 경우도 있다. 만약 그렇게 고개 젓는 사람들이 그런 태도를 자기들 관록의 권위라고 착각한다면 이는 얼마나 같잖은 짓일지.

칡 줄기와 등나무 줄기는 위로 휘감고 올라가는 방향이 좌우로 다르다. 얽히고설키어 괴로워도 죽을 때까지 바꾸지 못한다. 이처럼 갈등葛藤은 서로의 입장을 받아들일 수 없어서 발생한다. 다음의 예도 갈등의 한 형태라고 말할 수 있다.

얼룩자국에도 태연한 흑이 백에게 "너는 왜 그렇게 허여멀끔해? 네 정체성의 색깔이 정말 그게 맞아?" 하면서 윽박지르는 것과, 먼지도 묻히기 싫은 백은 그런 흑을 무시하며 상대해주지 않는 것이 그렇다. 또 아직 풋내 나는 과일이 숙성된 향기를 품은 과일에게 "왜 내가 지닌 신선한 맛은 인정해주지 않지? 그렇게 잘났어?" 대들면, 숙성된 과일은 '권위적 착각'이라는 또 다른 모습으로 변신해서 "네 향은 덜 익어서 제값을 못해."라며 매도하고, 그렇게 당한 풋과일이 오히려 "그래? 네 살은 익으며 잘 주물러져서 곯아터졌네?" 맞받아서 무찔러버리는 말들.

상대의 존재성이 하찮다며 무시해버리거나, 그런 상대의 태도가 권위적이라며 인정할 수 없으면 서로가 상처를 입히고, 입게 된다. 미숙함 때문이기도 하고, 또 한편으로는 미숙함이 만드는 착오를 헤아리지 못하는 좁은 안목과 쓰다듬고 싶지 않다는 관용의 협소함도 같은 역할을 한다. 자기본위의 소통 밖에는 할 줄 모르는 것들의 특징이다.

말을 잇다보니 우울해진다. 이런 부분에 예민하게 굴면 즐거운 기분이 될 수 없는가 보다. 그런 이야기는 그만 하고, 서書의 부분을 정리하기로 하자.

누구의 글씨체가 좋고 나쁨을 품평할 수는 있다. 그러나 수많은 시간을 투자해서 획득한 필체는 평가대상이 아니다. 자기 재능과 개성과 소신의 표현이기 때문이다. 물론 타고난 명필도 있겠으나, 모든 형태의 서체를 포함한 운필運筆의 납득과 신뢰는 오랜 학습을 거쳐야만 얻게 된다. 붓이 움직여 지나간 자리에 조화와 자유스러움의 흔적을 남길 수 있을 때 개인의 특성도 필체에 묻어나온다.

주변에 감탄과 상쾌함을 주는 독특함과 참신함이야말로 진정한 의미의 개성이다. 억지가 없으며, 자기 소신을 빙자한 고집이나 자기만 우뚝하다는 독선을 앞세우지 않는다.

이와 같은 태도는 시 창작에서도 마찬가지다. 제3부 각 단원에는 이 부분의 구체적인 이야기가 이어질 것이다. 그대의 귀가 닫혀 있지 않기를 바라는 마음 간절하다. 참고로, 간절함에 반응하는 첫 번째의 일은 귀 활짝 열어서 들어주는 것이다. 눈 동그랗게 뜨고 들여다봐주는 것이 그다음의 일이다.

2. 시 언어의 표현범위

시는 언어의 정수精髓라고 말한다. 언어를 다스리고 절제하여 걸러 냈다는 뜻이다. 시에 절제된 내용을 담으려면 한 편의 시에 표현할 언어 범위의 폭과 깊이를 설정해야 한다. 꼭 기억하고 있어야 할 부분이다. 한 편의 시에 자신의 모든 것을 쏟아 부으려는 태도를 바꿀수 있을 것이다.

이를 다시 강조하는 것은, 그 습관을 버리지 못하면 쓰는 일에 곧 기진맥진하게 된다는 사실을 글쓴이는 오래전에 아주 잘 알게 됐기 때문이다.

언어 감수성을 키우는 방법이 있다. 누구의 언어태도(억양을 포함해서)가 달갑지 않으면 그 모양새를 절대 흉내 내지 않고, 누구의 언어태도가 둥글고 정겨우면 잘 새겨서 적극적으로 답습하는 것이다. 놀라운 일이 발생한다. 이 일이 반복되면 관계성이 달라진다. 둥근 언어가 상황을 바꾸면 어떤 현상이 만들어지는지 체득하게 된다. 이때 새겨진 인식은 우리의 관점을 바꾸는 몸과 마음의 경험으로 남는다.

시적사고로 사물을 살핌이 시적관점이다. 여기에 충실해지면 생활태도에 변화가 온다. 우선 관계성의 모든 대상을 향한 감수성이 예민해진다. 언어표현이 섬세해지고 새로워진다. 개성적 감각과 참신하고 생생한 언어표현능력이 비례해서 상승한다. 그렇다고 언어감각에만 의존하면 곤란해진다. 대상관찰이 표피적이어서 통찰력이 떨어질 수 있기 때문이다. 울림이 약해진다는 뜻이다. 시 언어에 담을 정서는 충분히 숙성시킬 필요가 있다.

감각표현은 시인의 기본자질이다. 감각은 순간적인 것이지만, 이 느낌이 마음속에서 오래 숙성하면 충실하게 농익은 정서가 된다. 넓고 깊은 감수성의 능력을 말한다. 속에 잠들어 있을지라도, 이 정서는 쉽게 사라지지 않는 지속성을 지니고 있다.

혹시 이 책을 읽는 그대가 지금 누군가를 사랑하고 있다면, 그 감정이 감각인지 정서인지 대비해보자. 인식이 새로워질 것이다.

설명하자면 이렇다. 순간순간 말초적으로 타오르며 서로 화사한 모양을 내보이다가, 어느 순간부터 이것이 시큰둥해졌다면 감각적 사랑이라고 할 수 있다. 반면에 갖가지(그 대상의 좋고 나쁨까지) 기억들을 잊으려 해봐도 잘 잊히지 않아서 고달파진다면 정서에 스며든 사랑이다. 정서적 상태에 잠기게 된 사랑은 힘든 상황도 순응하겠다는 또 다른 모습의 결단이다. 의미부여를 위한 기다림과 포용의 시작이다. 상사相思의 결과가 남는다 해도 두려워하지 않겠다는 절절함의 각오까지 포함한다. 이것을 일컬어 정서적 반응에 따르는 태도라고 말한다. 요란스럽지 않게 대상을 배려하고 감싸주는 격조格調가 있다.

시 쓰는 일도 마찬가지다. 대상의 존재성을 관통하는 직관에 닿으면, 문자언어로 표현하지 않고는 견디지 못한다. 이것이 시인의 정서이다. 이 정서가 시 세계의 중심이 된다.

예를 더 들어보자. 갑자기 시상詩想이 떠올랐다. 어떤 언어표현을 했다. 그때의 이것은 감각표현일까, 정서표현일까? 둘 다 해당된다. 기발한 언어표현인데 울림이 크지 않으면 감각표현이다. 반면에 돋보이는 언어표현은 아닌데 읽을수록 여운이 남으면 정서표현이다. 표현하지 않으면 견딜 수 없는 마음의 움직임과 그 언어가 '연결'돼 있을 것이다. 그 주제와 소재는 '간절함'을 드러내고자 하는 재료일 것도 분명하다. 감각능력은 시인 누구에게나 요구되고 그 크기가 판단되기도 하지만, 정서표현은 몸과 마음에 남은 오랜 시간의 경험이다. 아무도 평가할 수 없다. 내면인식의 숙성이며 축적이기 때문이다.

　이런 내면인식이 대상에게 집중되면 시 창작에는 다음과 같은 일들이 발생한다.

　감각의 순간에 따라붙었을지 모르는 불순물들이 걸러져서 미적으로 순화된 결정체가 만들어지는 것. 미적정서의 언어표현은 시인의 개인적 경험세계의 주관적 감정을 넘어서 나타난다. 주관의 객관화 발생이다. 이때 공감대 형성과 울림의 확산은 자꾸 커진다. 감각표현능력과 정서표현능력의 차이점이다. 감각표현은 언어적 재능을 보여줄 수 있지만, 정서표현능력은 개인이 갖고 있는 주관성과 일방성의 범위를 뛰어넘는다. 공감대 형성을 더 넓고 깊게 만들어준다. 새롭지만 보편성을 지닌 느낌을 공유하게 한다. 이 느낌은 독자에게도 체험의 기억이 된다. 이 정서를 같이 누림으로 오랫동안 감동과 여운을 맛보게 되는 것이다. 정서표현에 충실한 시들은 그 생명력에 지속성이 있다.

3. 화자와 어조

어떤 자리에서, 어떤 관계성이 만들어지는 일은 말하고 듣기로 비롯된다. 인사하고 이름과 얼굴을 익히면서 대화를 시작한다. 이때 먼저 주목하게 되는 것이 상대의 어조語調이다. 이를 통해서 그 기질과, 대상을 대하는 태도와, 지닌 식견까지 가늠해볼 수 있다. 많은 사람이 함께한 자리에서는 눈빛과 표정으로 나누는 무언無言의 인사도 있는데, 이는 시의 여백처럼 오랜 잔영의 여운으로 남겨지기도 한다. 눈빛과 표정과 몸짓만으로도 서로의 존재성이 어떠하다는 감각이 가능하기 때문이다.

제대로 노래하려면 발성법 훈련이 필요하다. 목소리(가사)와 가락의 정확한 전달이 목적이다. 독보讀譜능력까지 습득해두면 악보의 표기를 잘 발성할 수 있다. 여기에 굳이 음색의 좋고 나쁨을 따질 이유는 없을 것이다.

시 쓰는 일도 위와 같다. 화자의 발성을 독자의 귀에 잘 전달해야 한다. 잘 공명된 발성을 살려내야 가능하다. 화자의 말은 시 속의 여러 상황과 어떤 관련 의미인지의 표시이다. 그 발성이 불분명하거나 시적대상의 존재성에 의미부여를 할 수 없다면 헛발성일 뿐이다. 대상 표현의 언어는 꼭 있어야 할 자리에, 꼭 있어야 할 모습으로 등장해야 그 존재성을 증명할 수 있다. 시 언어의 발성은 대상의 존재증명이 목적이다. 시적대상이 지닌 존재성의 절대적 이유를 호소할 수 있어야 한다. 이 호소를 설득력으로 작용케 하는 것이 화자의 어조이다. 시 속에서 발성하는 사람(말하는 주체가 스스로를 '나'라고 표현하기도 하면서)은 시에 등장한 대상의 상태와 상황을 진술하고 묘사한다. 각각의 시에 따라 화자의 말하는 태도가 달라질 수 있다.

이때의 어투, 음성, 말솜씨, 진술하고 묘사하는 태도 등등이 어조이다. 주제(상수)를 부각시키고, 시적분위기를 형성하고, 시인의 태도를 반영시키는 역할(변수 조정)로 이어진다. 독자를 시 세계로 안내하고 이해시키는 역할의 수행을 말한다. 변수가 종속변수여서 결말부의 반전이 필요할 때 어조는 아주 강력한 장치로 작용한다.

이상섭의 『문학비평용어사전』에 다음의 내용이 들어 있다.

"문학은 그냥 쓰인 채로 있는 글이 아니라, 특정한 인물이 특정한 어조로 특정한 사물에 대하여 특정한 사람에게 하는 말이다."

특정特定하든 불특정하든 상대와 대화(갈등과 다툼일지라도 듣고 말하고 반응하는)가 없으면 일방적일 뿐, 소통의 관계성은 이루어질 수 없다. 문학구조의 특징이 담화형식이라는 것은, 내 뜻을 상대에게 알려 서로 납득하는 것이 목적이기 때문이다. 시의 형식도 마찬가지다. 시적대상에게 첫 번째 말 걸기가 도입부이다. 그다음의 전개와 전환부에서 갈등구조가 생겼더라도 대화는 이어진다. 즉 문학은 말하는 사람과 듣는 사람이 서로의 존재성에 의지해서 이루어지는 것이다. 시 속의 화자(persona)는 시적자아이며 시적 주인공이다. 이 주인공의 이야기를 듣는 이가 없으면 그 시는 시로서 존재할 수 없다. 어떤 시인이 창작한 시가 아직 발표되지 않아서 서랍 속에 있고, 그 시인 혼자서만 읽을 때도 자기가 창작한 시 속의 화자가 하는 말을 시인은 듣고 있는 것이다.

한 편의 시에서 화자의 말이 기발한 창의력과 여태 알지 못하던 인식세계를 맛본 사람만 할 수 있는 표현으로 등장했다고 하자. 더구나 아주 구체적이어서 독자가 강한 정서적 공감을 할 수 있다면? 당연히! 이 화자는 독자에게 직접적 영향력을 행사한다. 한 편의 시를 이해시키고 공감대를 형성시키는 당사자가 된다는 말이다. 이처럼 화자는 시 속에서 독자에게 직접 이야기하는 존재이다. 시인은 시의 바깥에 있지만 시의 주제와 의미와 정서적 태도를 모두 이 화자의 발성을 통해서 독자에게 전달한다.

극중 인물을 선택할 때 쓰는 용어가 casting이다. 전달자, 입증자立 證者의 역할이라는 뜻이다. 만약 miss-casting이어서 등장인물이 역할을 다하지 못하면, 비록 스토리에 좋은 주제를 담았어도 입증은 시시해진다. 완성도가 모자라서 몰입이 쉽지 않기 때문이다.

시의 화자 역시 영화 속 등장인물과 같다. 시 속에서 다른 요소들과 긴밀하게 어울려 일체가 되면 시의 골격이 반듯해진다. 이것이 상수에 작용하는 역할이다. 그다음 독특한 어조까지 곁들여지면 골격에 살이 입혀지고 윤기가 돌면서 참신하고 독특한 개성이 발휘된다. 빛나는 변수 조정이라고 할 수 있다.

시는 어떤 문학 장르보다 더 강하게 시인의 주관적 개성이 나타난다. 시 속에 자신의 감정과 태도를 나타낸다. 사물을 포착하고 관찰하여 느낀 의미를 독자적 관점으로 제시한다. 까닭에, 시에는 시인의 개성(self-expression)이 드러날 수밖에 없다. 동양의 고전에도 시인의 개성을 강조한 글들이 많이 등장한다. 맹자도 "그 사람이 지은 시를 낭송하고, 그 사람이 쓴 책을 읽고서도 그의 사람됨을 모른대서야 되겠는가?"라는 말을 남겼다.

물론 시인과 화자가 동일시되지 않는다는 시론詩論도 있다. 시인의 개성과 시적화자를 동일시하는 것의 반대개념인데, 시인과 화자를 별개로 여기는 근거가 있다. 현실적으로 시인은 시의 '밖'에 존재한다. 시적화자는 시 '안'에서만 말하며 살아 있다. 때문에 시 속에 존재하는 화자의 인격적 요소(말하고 듣고 움직이며 행동하는)는 다만 시 작품의 의미를 규정하는 속성일 뿐이라는, 말하자면 허구적 요소로 여긴다는 뜻이다.

시적화자를 잘 이해하려면 화자(persona)라는 단어를 살펴볼 필요가 있다. 라틴어 퍼스난도(personando)에서 유래한 연극용어였다. 배우의 탈이나 가면 혹은 그 역할을 규정하는 용어이다. 시는 이 단어의 의미를 '역할'이라는 부분에서 더 주목한다. 연극이나 영화의 역할을 담당한 배우가 합당한 분장으로 등장하면 개성이 뚜렷해진다. 역할은 더욱 그럴듯해질 수 있다. 그 분장이 그 배우의 개성을 구체적으로 만들기 때문이다. 제대로 된 분장은 극의 주제와 작품의 효과에 더 많이 기여한다. persona의 역할은 그런 것이다. 또 한편으로는 시인의 몰개성沒個性이라는 것도 있다. 화자와 시인이 동일시되지 않고 나타난 것을 말한다. 시 속에 시인의 개성이 등장하지 않거나 혹은 감추어졌다는 뜻이다. 그러나 사실은 이런 시 속에서조차 시인은 역할에 맞는 분장과 가면을 쓰고 등장해 있다. 시인과 화자는 떨어질 수 없는 실질적 관계이다. 자아自我와 그 상상력이 확대되는 세계 속의 역할을 몰개성의 가면을 쓴 화자가 대신 수행할 뿐이다. 가면을 쓰면 다양한 인물로 변환해서 시적효과를 극대화할 수 있다. 각 역할에 맞는 화자를 등장시키면 시인의 경험과 실제적으로 숙성된 자아세계의 폭넓은 표현이 가능하다.

소설에는 상황이나 사건 앞에서 이야기의 진행 방향을 설명해주는 서술자가 있다. 이 서술자의 관점은 인칭시점人稱視點이거나 전지적全知的 시점이다. 한 작품 속에서 아주 특수한 경우를 제외하고는 이 관점의 변동은 없다. 통일성 부여附與의 필요성 때문이다.

마찬가지로 우리의 창작 시 속에서 시적화자는 일관된 목소리를 내야한다. 통일성 부여의 역할 역시 화자의 몫이기 때문이다. 중언부언은 금물禁物이다. 어조의 들쑥날쑥도 곤란하다. 진술과 묘사에 안정감이 떨어진다. 시적 안정감은 그 표현이 기발하고 독특하더라도 떠있는 궤도의 범위가 위험하지 않고 튼튼하다는 뜻이다. 화자의 정서와 가치관과 세계관 등이 동일하게 나타나는 것이 작품의 통일성이다. 이때 독자는 안정감을 느낀다. 정서적 공감대가 편하게 이뤄지고 좋은 관계성이 맺어질 수 있다. 전제되는 것은 시인의 정직성과 독자의 열린 마음이다. 정직성은 있는 그대로 가리지 않고 나타냄이며, 열린 마음은 편견과 왜곡 없이 볼 수 있도록 불 밝힌 심안心眼을 말한다.

　화자와 어조의 큰 덩어리(大綱)를 이야기했다. 부기附記로 몇 가지를 보충해서 정리해보도록 하겠다.
　시 창작에는 화자 지향적 창작법이 있다. 화자만 표면에 드러나며 무게비중을 갖는다. 이런 시를 쓸 때는 조심해야 한다. 서정시는 주관성이 강하다. 여기에 '나'라고 하는 화자까지 표면에 드러나면 대상을 향한 심리적 거리 조절이 어려울 수 있다. 감정의 과잉노출 때문이다. 반면에 청자 지향적 창작에는 화자의 정체가 분명하지 않다. 그러면서 어조에는 명령과 요청, 애원과 권면 등의 경향을 나타낸다. 신동엽의 「껍데기는 가라」와 같은 시들이 이런 경우에 속한다. 또 화자나 청자가 표면에 잘 드러나 있지 않는 시도 많다. 초점이 청자나 화자가 아닌 화제話題에 있어서 화제(메시지) 지향적이라고 한다. 대상과 거리가 늘 일정하여 객관성을 유지하는 특징을 지닌다. 일인칭 화자로서의 '나'가 표면에 드러난 시는 다분히 고백적일 수 있지만, 화제 지향성의 시는 반대의 양상을 보인다는 사실도 알아둘 필요가 있다.
　위와 같은 것들이 시 창작에 등장하는 화자의 유형이다. 시 창작의 효용성에서 어떤 것이 더 우수하다고 규정짓기 어렵다. 작품의 주제와 시적의미, 시인의 태도와 의도, 어조와 분위기, 상황 등등 시의 총체적 의미 형성에서 어떠어떠한 방식이 최선이겠다는 차이는 있을 것이다. 물론 각 상황에 맞게 선택하는 것은 그대의 몫이다. 시 역시 화자와 청자가 있는 담화형식이다. 독자는 시 속에서 말하는 화자와 그대를 동일시하기 쉽다. 화자의 목소리, 말투, 말씨를 그대의 어조로 여길 것이다. 청자(독자)는 어조를 통해서 화자의 자세는 물론 시의 분위기, 창작의도, 독자를 대하는 태도까지 추측한다. 현재 처해 있는 상황과 의식세계까지 엿볼 수 있다. 어조가 궁극적으로는 시 쓰는 사람의 개성을 반영하는 것이기 때문이다. 이처럼 화자의 어조는 시 창작에서 은유에 버금갈 만큼 중요한 요소이다. 시의 감정, 의도는 물론 시의 총체적 의미를 나타내는 주체의 역할을 한다.

4. 대상 관찰과 그 인식태도의 유형

　시적대상은 이 세상의 세계에 존재하는 모든 사물이다. 종교적 절
대대상과 인간의 관계성에서 발생하는 상황과 현상도 여기에 포함
된다. 그대가 아직 이 부분에 확실한 인식이 없고, 주목해보는 일에
익숙지 않을지도 모른다. 하지만 우리는 은연중일지언정 이 모든 사
실을 감각하고 있다. 여기에 눈을 떠서 대상을 보는 시각이 밝아지
면 인식의 폭과 깊이가 훨씬 확장된 시를 쓸 수 있다. 시를 쓰는 일
이 어렵고 힘들다는 것은 지레짐작이거나, 관심이 없는 사람들이 하
는 말에 불과하다. 시는 어떤 대상에게서 받은 독특한 느낌, 남들이
미처 발견하지 못한 사물의 모습을 자기만의 언어로 정직(있는 그대
로)하게 그려내는 것이다. 대상에게서 이끌어낸 인식을 언어로 형상
화하는 작업이다. 인간은 세상의 각 존재에게 느끼는 감각을 오감을
통해서 뇌리에 반영시킨다. 이 지각知覺이 뇌리에 닿으면 사물의 형
태적 양상을 살펴서 그 본질을 인식하게 된다. 이 지각이 분명해질
때, 즉 사물의 세계를 관찰해서 얻은 인식의 구체성 확보가 시 창작
의 출발점이다.

　오랫동안 시를 써왔거나 가르치는 이들도 한 가지 사물에 맞춘
'초점'이 서로 일치하지 않을 수 있다. 당연하다. 그러나 '관점'에는
공통점을 갖는다. 모든 사물의 본질을 '있는 그대로(正直)' 보는 것과
핵심을 흩어놓지 않는 '통일성'이다. 지금 말한 초점은 독자적 집중
이며 개성이고, 관점은 보편을 거론한 것이다.

　흄(David Hume)[42]은 사물을 관찰하는 시각과 사고를 외형에만
고정시키지 말라고 했다. 선입견 없는 순수함으로 사물(대상) 내면
의 본질을 파악하라는 뜻이다.

사물의 외형만 보고 얻은 피상적 인식은 왜곡됐을지 모르는 사물의 현상現像과 거짓된 외형43)을 자칫 본질인양 착각할 수 있다. 시의 진정한 모습은 사물의 참모습(본질)을 보여주는 일이다.

대상의 본질을 향한 인식이 깊을수록 그 표현하는 내용도 충실하게 깊어진다. 이렇게 창작된 시는 울려내는 소리의 공명이 깊고 길다. 인식의 깊이는 그 사물이 지닌 고유의 모습을 정확하게 파악하려는 '노력'으로 얻어진다. 삶속에서 만나게 되는 갖가지 현상들과 마주치는 사물들에게 가졌던 일상적이고 일방적인 인식태도를 버릴 수 있는 결단을 말한다. 습관화된 인식태도를 넘어서면 우리에게는 세계를 새롭고 넓고 깊게 관찰할 수 있는 '세심한 눈과 마음'이 생긴다. 대상의 표피44)에만 머물렀던 시선이 그 세계의 내부까지 파고든다. 인식영역이 전체를 향해 확장된다. 감수성이 살아난다. 세계가 새로워지는 체험을 할 수 있다. 무덤덤했던 감각태도까지 예민해진다. 굳이 밖에는 내보이지 않더라도, 갖가지 상황으로 만들어지는 현상에 '아주 민감한 사람(highly sensitive person)'이 된다. 남들이 듣지 못하고, 보지 못하고, 느끼지 못하는 것을 훨씬 많이 듣고, 보고, 느낀다. 이런 풍성한 내면세계가 만들어지면 뛰어난 통찰력과 창의력이 곁들여진다. 습관적 인식과 무관심을, 깨어 있는 인식과 적극적 관심으로 바꾸려는 노력이 여기에 닿게 한다.

대상을 적극적으로 관찰하면 그 존재성의 본질과 의미를 발견할 수 있다. 구체적 인식을 갖추게 된다. 이를 미적으로 형상화하는 작업에 익숙해지면 시 창작의 진보도 함께 일어난다. 이는 또 다음 단계로 이어지는 것이 보통이다.

잊지 않아야 할 부분도 있다. 시적대상을 관찰하고 그 인식을 구체화시킬 때는 그 대상을 보는 시각(초점, 관점)과, 느낌(감각)과, 생각(인식)이 중요하게 작용한다는 사실이다. 이는 시의 발상 차원에서도 큰 의미를 지닌다. 시인의 가치관과 세계관의 노출일 수 있기 때문이다.

시적대상을 보는 인식유형[45])에 피해야 할 몇 가지가 있다. 그 정체를 살펴보기로 하자.

1) 피상적皮相的 인식

대상의 외형만 바라보는 태도이다. 이때는 대상의 존재의미와 가치를 구체적으로 제시하기 어렵다. 표현내용이 인식주체자의 중언부언重言復言으로 끝나는 경우도 있다. 가치부여가 어려운 말을 하고 또 하는 것을 말한다. 혹시 그렇게 해서 외형은 잘 묘사한 내용이 나타날 수는 있을까? 어떤 구체성 확보의 모습도 조금 보여주면서? 그러나 맛을 실감하기는 어려울 것이다. 대상의 본질을 새롭게 발견했다는 의미제시가 없을 것이기 때문이다. 상투적 표현으로 본질 파악의 흉내(imitation)만 내다가 그칠 염려가 있다. 피상적이라는 말은 껍데기만 더듬어봤다는 뜻이다. 속 내용의 실체는 막연하다. 상태, 상황, 현상의 구체성을 드러낼 수 없어서 설득력과 공감을 주기 힘들다. 이런 시의 화자는 넋두리를 늘어놓을 위험이 크다. 독자는 이 넋두리를 들어주어야 할 의무나 까닭이 없다.

2) 추상적抽象的 인식

문학에서 결코 바람직하게 여기지 않는 인식태도이다. 추상은 상상과 전혀 상관없고 환상과도 동떨어져 있다. 상상은 '마음의 구체적 비약'이다. 환상은 동경을 포함하지만, 추상은 오히려 막연함과 가깝다. 구체적이지 않다는 뜻이다. 만약 그 표현에 아주 작은 구체성이라도 제시됐다면, 독자에게 상상할 여지가 생겼다면 그것이 어찌 막연함이겠는가? 시는 대상관찰을 통해 감각하고 생각하게 된 인식의 총체이다. 그 인식을 구체적 형상의 언어로 가시화, 가청화시킨 것이다. 추상적인 관찰로 대상에게 접근했다면, 시 속의 화자가 보여주고 들려주는 인식 표현은 막연함뿐일 텐데 어떻게 구체성을 찾아볼 길을 열어줄 수 있겠는가? 추상적 내용이란 뜻의 모호함과 불투명함을 말하는 것이어서 독자에게 의미파악의 통로를 제공하지 못한다. 담론談論이 이루어질 수 없다.

3) 습관적 인식

"시는 세계의 감추어진 부분의 베일을 벗겨낸다. 눈에 익숙한 사물을 마치 처음 보는 것처럼 느끼게 한다."
셸리의 이 말은 사물을 향한 시각을 고정된 틀에 묶어놓지 말라는 뜻이다.
습관화, 자동화된 인식범위에서 나온 진술과 묘사는 특별할 것이 없다. 누구나 다 알 수 있어서 진부하다. 쉽게 떠올리는 상념은 대부분 습관적 인식의 범주에 갇혀 있다. 새로운 정서의 통찰을 제시하기 어렵다. 눈에 익숙한 사물을 새로움으로 보여줄 언어능력을 나타내지 못한다. 이런 인식태도에서 벗어날 필요가 있다. 눈에 익숙하고 생각에도 익숙한 것을 마치 처음 보는 것처럼 느끼게 하는 일이 쉽겠는가? 그러나 시의 본질은 그런 것이다. 이를 강조하는 이유가 있다. 시적대상을 향한 우리의 사고방식이 습관적인 것을 당연히 여길 수 있기 때문이다. 익숙한 것을 벗는 일은 쉽지 않다. 삶의 태도까지 견고해져 버렸다면 정말 힘들 것은 말할 나위가 없을 것이다. 우리의 사고思考는 이제껏 살아온 습관적 방식을 무심코 받아들였을지 모른다. 이질적 정서와 낯선 감각은 사실 수용하기가 힘들다. 그러나 이런 인식태도에서 벗어나지 못하면, 고정관념의 틀을 벗지 못하면, 외부에서 오는 갖가지 감각(정서에 맞지 않아 부딪는)도 낯설어하면, 대상의 이면에 감춰진 세계를 살펴보는 내 눈에서 색안경을 벗어던지지 못하면, 자신의 시어詩語가 어떻게 대상에게 새로운 존재의 이름을 지어줄 수 있겠느냐고, 아무도 발견하지 못했던 세상의 세계를 발견해낼 수 있겠느냐고 스스로에게 자주 질문해볼 필요가 있다. 그대도 스스로에게 이 질문을 해보면 좋을 것이다.

『도덕경』 25장의 문장 무위자연無爲自然은 나와 다른 사물의 어떤 존재성도 낯설어하지 않겠다는 의미를 품고 있다. 내 입맛에 맞춘 선입견으로 덧칠하거나 탈색시키는 일에 얽매이지 않는다는 뜻이다. 다른 말로는 마음의 활달豁達함이라고 한다. 습관적 인식을 버릴 때 닿는 길에 들어설 수 있다.

4) 기계적 인식

이 태도는 치열하게 적극적인 사유 없이 형식적인 관찰만으로 대상을 시적공간에 옮겨놓는 것을 말한다. 시 쓰기에 조금 익숙한 사람들이 빠지기 쉬운 함정이다. 대상을 소홀히 바라보는 태도를 나타내는 것. 대체로 이런 시들은 그 시적 깊이가 얕다. 제시된 메시지에 설득되기도 난처하다. 기계적 인식은 시 창작에서 심각한 결점이 될 수 있다.

과학적, 논리적 진실은 이성의 판단과 분별로 얻는다. 머리로 발견하는 진실이다. 그러나 시는 주관을 넘어선 직관의 감성이 지배한다. 머리가 아닌 가슴으로 새로운 세계의 가치와 의미를 발견해서 표현해낸다. 한 편의 시에는 시인의 가치관, 인식의 깊이와 개성이 표출된다. 그러므로 시 창작의 최우선 과제는 그 표현에 시적 진실성을 담는 일이다. 대상을 향한 구체적 인식이 선행되어야 가능하다. 외형적 관찰만으로는 얻을 수 없다. 사물(대상)의 내면을 꿰뚫어보는 통찰력으로 말미암는다. 이때 사물에게 부여된 숨겨진 의미와 세계를 만나면, 그 세계에서 일어나는 현상들을 헤아리는 인식의 깊이와 넓이가 함께 심화되고 확대된다. 삶의 심연深淵을 들여다볼 수 있게 되는 것이다. 이는 인생의 정수精髓의 획득이라고 말할 수 있다. 인생의 가장 가치 있는 진실에 접근하는 통로로 들어선 것이기 때문이다. 시 쓰는 일은 우리를 그 길로 이끌어준다.

워즈워드는 시를 일컬어 "인생의 내면적 진실을 묘사하는 것"이라고 했다.

『논어』의 양화 편에는 "시를 배우면 흥을 돋울 수 있고(詩可以興), 어떤 일의 상태와 상황을 더 잘 살펴볼 수 있으며(可以觀), 사람들과 잘 어울리면서도 치우치지 않을 수 있는데(可以群), 왜 시를 공부하지 않느냐(何莫學夫詩)"며 공자가 제자들을 채근하는 장면이 나온다. 시를 알지 못하면, 삶의 길이 마치 담장에 막혀 서 있는 듯(正牆面而立) 진전이 없을 것이라는 문장이 그 뒤를 잇고 있다.

시 쓰는 일이, 시를 써보려는 마음이, 오히려 우리 삶의 길에 활달함을 줄 수 있다. 글쓴이의 경험과 관점에서 이는 분명한 사실이다. 때로 어떤 사건이나 현상이 사실로 밝혀졌다 할지라도 증명된 진실은 아닐 수 있는데, 방금 언급한 '사실'은 진실과 동의어의 의미로 썼다.

5. 대상을 향한 심리적 거리

환경과 처지에 따라 마음의 상태는 달라진다. 감정의 개입도 마찬가지다. 사건에 얼마만큼 밀착돼 있느냐로 마음의 거리에 차이가 생긴다. 어떤 상황에 마주쳤을 때 각자의 입장에 따라 다른 반응을 일으킬 수밖에 없는 것이다.

대상을 향한 마음의 거리는 시 창작에서 매우 중요한 비중을 차지하는 영역이다. 매우 뛰어난 저서라고 할 만한 『대중의 반역』의 저자이며 스페인 철학자였던 오르테가(Jose Ortega Y Gasset)의 저서 『예술의 비인간화』 한 부분의 내용을 참조해서 살펴보겠다. 인문학 저서의 독서경험이 많은 이들은 익히 알고 있을 내용이다.

한 저명인사가 오랜 투병 끝에 임종하게 됐다. 그 자리에는 그의 아내와 치료하던 의사와 신문기자와 이웃에 살던 화가까지 네 사람이 있었다. 그의 죽음은 아내에게 너무 큰 충격이었다. 남편의 죽음은 '밖'의 사건이 아니라 그녀의 '속'에 있는 그녀의 '일부'였다. 너무 깊숙이 들어가 있어서 사건의 일부가 될 수밖에 없었다. 남편의 죽음과 상실감에 빠진 그녀의 인격(personality)은 일체가 됐다. 의사의 입장은 달랐다. 저명인사의 아내처럼 깊은 슬픔에 빠져 들어간 것이 아니었다. 다만 직업적 양심의 면과 인격적 심정의 면에서 감정이 움직일 뿐이었다. 그렇다면 신문기자의 입장은 어떤 것이었을까? 그는 직업상의 의무 때문에 그 죽음의 장소를 취재하러 나와 있을 뿐이었다.

여기에서 이들의 입장이 그 사건을 어떻게 받아들이고 있는지 감정의 밀착상태를 살펴보자. 환자라는 대상을 다루는 의사의 입장은 사건에 '개입'을 요구 당한다. 기자에게는 사건의 '관찰'이 필요하다.

비록 기사의 보도에 주목을 끌 수단(죽음의 사연에 호기심 유발)을 개입시킨다 해도 감정적으로는 방관할 수 있는 위치이다. 또 한 사람 화가의 입장은 이들과 전혀 다를 수 있다. 한 인간의 죽음에는 무관심하고, 사건에 개입하거나 관찰하는 일도 중요한 일이 아니며, 오직 죽음의 '장면'만을 노려보고 있는 것이다. 그 사건의 비극적 의미는 관심 밖이고 단지 외재적인 것, 즉 방의 분위기와 사람들이 슬픔에 반응하는 모습만 주목할 뿐이다.

한 사람의 죽음을 앞에 두고 각자의 입장은 서로 다른 마음상태를 보여준다. 아내가 가장 밀착돼 있고, 심리적 거리가 가장 먼 곳에 화가가 있다. 대상과 상황을 어떻게 보느냐, 감정의 개입이 어느 정도냐에 따라서 심리적 거리에는 차이가 생긴다.

시 창작도 위와 같다. 인식주체자로서 시인은 대상에게 심리적 거리를 갖게 마련이다. 대상과의 거리가 너무 멀거나, 너무 가까워도 예술적 형상화에 실패하기 쉽다.

창작이나 감상에서 미적관조, 즉 알맞은 심리적 거리는 매우 중요한 개념이다. 개인적, 실용적 목적의식에서 벗어나 있어야 한다. 대상의 아름다움을 '순수'하게 지각할 수 있는 마음상태가 요구된다. 알맞은 심리적 거리가 확보되면, 대상인식을 잘 형상화해서 창작할 가능성은 커진다. 그 대상의 존재성이 품고 있는 뜻을 제대로(치우치지 않고) 감상할 수 있는 '미적 거리'46)이기 때문이다. 미적 거리는 시간적, 공간적 개념이 아니다. 오히려 마음과 관계가 있다. 사적이거나 실제적인 관심에서 벗어나 대상을 '관조'할 수 있는 투시화법透視化法의 태도를 말한다. 선입견 없이 대상을 미적으로 인식할 수 있는 상태.

시 창작에서 알맞은 심리적 거리를 늘 확보하고 있을 수는 없다.

인식주체자의 태도와 관점과 입장 등의 조건에 따라서 거리조정은 달라진다.

너무 가까우면 감정이 시에 직접적으로 노출되기 쉽다. 이때 독자는 시적감흥보다 시 쓴 사람의 넋두리나 적셔진 감정노출을 먼저 눈치 챌 것이다.

엘리어트(Thomas Stearns Eliot)[47]는 시를 일컬어 "감정의 표출이 아니라 감정의 도피"라고 했다. 감정이 충분히 걸러지고 다듬어진, 숙성된 인식이어야 한다는 뜻이다. 미적 정서로 평온해지고 대상과의 사이에도 알맞은 심리적 거리가 설정된 것을 말한다.

대상과 너무 먼 거리조정(over-distancing)도 적당하지 않다. 착오를 일으키거나 메마른 인식태도를 나타낼 염려 때문이다. 물론 대상에게 냉철하고 객관적인 태도를 가질 필요가 있다. 문제는 이런 태도에 일방적 자기인식이 노출될 수 있다는 것이다. 특별히 조심해야 한다. 짧은 거리조정이 과잉상태의 감정노출이라면, 지나치게 먼 거리조정은 대상을 향한 심리적 거리의 메마름이다. 대상과 너무 먼 심리적 거리를 오규원 시인은 "대상을 싸안는 정서의 결핍에 의한 대상과 작가 사이의 이완현상"[48]이라고 말했다. 심리적 거리가 먼 시는 대상을 관념적이고 추상적이거나 건조하게만 파악할 염려가 있다. 과도한 감정노출이 미적 형상화에 실패하듯, 대상과 거리가 먼 인식표현의 시는 정서적 감동을 주지 못한다. 감각이 생소하고 어색하면 미적 거리가 확보된 것이 아니다.

일상생활의 언어소통은 서로의 뜻 전달이 목적이다. 그러나 시 언어는 시적장치의 양식을 통해서 소통한다.

"시 속에 들어 있는 사상(관념)은 과일의 영양분처럼 숨어 있어야 한다"는 발레리(Paul Valery)[49]의 말은, 시 정서가 산문정서처럼 뜻이 직접적으로 노출되면 시답잖아진다는 뜻이다. 직유, 직설적 표현을 피하라는 말로 단순히 받아들여도 좋을 것이다.

시인의 주관적 의식과 정서는 시의 전체적 내용이나 요소, 형식들과 유기적으로 결합한다. 시는 시인의 주관을 우선적으로 존중한다. 그러나 정서와 감정이 직접적이고 노골적으로 표출된 것은 수용하지 않는다. 일방적 감정표현의 도구로 사용되는 것이 아니기 때문이다. 이 인식이 분명해지면 대상을 표현하는 일에서 균형 잡힌 심리적 거리를 유지할 수 있다.

워즈워드는 "모든 좋은 시는 강한 감정의 자연발생적인 표현"이며, "시는 조용히 회상된 정서에서 기원하는 것이다. 이 회상된 정서를 한동안 묵상하고 나면 반사작용으로 처음의 정서와 닮은 제2의 정서가 생겨서 실제로 마음에 자리 잡게 된다. 이런 상태에서 훌륭한 창작이 시작되는 것이 보통"이라고 말했다. 시의 가장 중심요소가 정서이지만, 여과되지 않은 감정(노골적으로 젖어 있거나 차갑게 메말라 있는)은 요구하지 않으며 오직 순화되고 걸러져서 숙성된 정서를 필요로 한다는 뜻이다.

시 창작법의 올바른 첫 걸음은 주관적이고 원초적인 감정을 직접 노출하지 않는 일이다. 여기에 익숙해져야 한다. 주관적 감정을 객관적 정서로 전이轉移시키는 방편을 습득해야 한다. 쉬운 일이 아닌데, 대상에게 온유한 시선을 주며, 함부로 판단하고 단정 짓지 않는 것도 한 방법이 될 수 있다. 감정을 객관화시키면 대상과 알맞은 미적 거리를 확보할 수 있다. 이를 통해서 독자 역시 작품 감상에 필요한 알맞은 심리적 거리를 마련하게 된다.

제 **4** 부

시 창작의
실제實際

1. 시인이 얻고자 하는 것

판단력은 상황대처방법의 옳고 그름을 분별한다. 일 처리의 경중완급輕重緩急(가볍게, 무겁게, 느리게, 급하게) 실행과 방향설정의 지침이다.

살아가는 동안 우리는, 누구라도 그러하듯이, 판단을 그르칠 수 있다. 자기 안목의 절대화와 보편타당한 결정을 무시하는 고집과 이기심 때문에 발생하는 경우가 많다. 원칙보다 융통성에 비중을 둔 처신에 솔깃해져도 판단을 그르칠 수 있다. 편리함과 이득에만 관심이 있는 의식상태로는 온전한 판단력을 발휘하기 어렵다는 뜻이다.

이 책을 읽으며 이미 알고 있었을 것이다. 4부로 나뉜 책 큰 단원의 첫 번째 주제가 신언서판 각 부분의 이야기이었음을. 이제 그 마무리로서 판判을 말해보려고 한다.

판은 자타 평가의 잣대가 될 수 있다. 자기 주관이나 통찰通察의 부분과도 연결된다. 갖가지 상황 속에서 발생하는 각종 현상을 꿰뚫어보는 능력을 말한다. 입신출세와 경세經世의 포부를 펼치려는 인재의 품평기준이기도 했다. 이 부분의 강조는 당연한 것이었다. 오늘날에는 오히려 더 강조될 필요가 있다. 세상에 나서서 '역할'을 감당해야 할 사람이 온전한 분별력과 실행능력을 지녔는지, 정녕 사람다운 사람인지, 도리를 행하는 부분에 어긋남이 없을지 살펴보는 것이기 때문이다.

살아가는 동안 우리의 인식습관은 차츰 자동화되기 쉽다. 어떤 상태와 상황 앞을 그냥 지나치는 것에 익숙해지기도 한다. 자타에게서 어긋난 사고방식과 행동이 표출돼도 그냥 그러려니, 스스로를 대범한 척 기만할 때도 있다. 다른 관점에서는 무관심이다. 인간의 도리를 외면하는 치명적 게으름일 수 있는데, 오늘날 우리가 맛보는 공허감과 결핍현상의 발생원인이 다 여기서 비롯된 것 같다. 심각한 비인비애非仁非愛의 현상이다. 혹시 누군가는 이 세상의 세계에 어짊과 사랑이 끊겼다는 말이 지나친 확대해석이라고 말할 수도 있겠다. 우리가 살아갈 수 있는 것은 사랑이 이 세상을 구원할 능력이라고 믿기 때문이다. 그러나 그렇게 말했으면 적극적 실천이 뒤따라야 할 텐데, 실제로는 섬기며 살피는 행위의 모습이 드물어진 것도 사실이다. 그래서였을 것이다. 이미 전 세대의 사회학자였던 하비 콕스(Harvey G Cox)는 이런 무관심을 일컬어 '죄'라고까지 했던 것이다.

사람을 대하는 성의와 대상을 향한 관심의 표출이 설득력을 가지려면 정직한 분별력이 선행돼야 한다. 그것이 판判이다. 다른 말로는 생각하는 능력이다. 그 대상의 처지와 상태, 본질의 정체를 헤아려 볼 수 있는 힘을 말한다.

인간은 세상에 존재하는 피조물 중에서 가장 우월한 존재성을 지니고 있다. 모든 만물과 소통할 수 있는 언어와 문자를 유일하게 사용한다. 이 언어 사용에는 깊은 통찰이 필요하다. 관계성의 가치를 정직하고 아름답게 만들기 위함이다. 통찰은 존재의 본질과 성향을 헤아릴 수 있는 능력이다. 존재는 유한하다는 사실을 깨닫고 고백할 수 있는 혜안이다.

이런 면에서 살펴보면 결국 신언서판의 기준은 사람의 그릇, 즉 그 됨됨이를 먼저 살펴보고자하는 의도였다. 귀결점이 통찰력에 모아지는 까닭도 분명하다. 존재의 상태와 상황과 그로 말미암는 현상을 뚫어서 볼 수 있는 힘이기 때문이다.

신언서판에서 강조한 의미는 처신에 염치를 지키라는 것이었다. 언어에 품격을 갖추라는 것이었다. 글에 자기 소신을 담을 수 있도록 오랜 학습과 단련을 쌓으라는 것이었다.

그때 비로소 인지상정을 살펴볼 수 있는 통찰력을 얻게 되고, 치국경세治國經世의 능력도 함께 키워진다는 선현들의 이런 인식은 대단한 지혜의 결실물이라고 말할 수 있다. 어떤 인재가 지닌 기능이나 재능보다 성품을 먼저 살폈다는 뜻이다.

우리보다 먼저 세상을 살았던 현명한 이들은 알고 있었다. 세상을 반듯하게 움직여나갈 최우선의 도구가 사람이고, 그 됨됨이를 살펴보는 밑바탕의 수단이 신언서판이었음을.

2. 시 창작의 실제적 단계

당나라의 시인 이백50)과 두보51)를 시선詩仙과 시성詩聖으로 일컫는다. 이백의 경우 시상詩想이 떠오르면 일필휘지一筆揮之, 단숨에 내려썼으며 고치는 일도 없었다고 한다. 아무것에도 구애받지 않는 천재의 기질과 성품의 특징이 역력하다. 반면에 두보는 시상을 오랫동안 속에 담아 숙성될 때까지 많이 뜸 들였고, 써놓고 나서도 그 시를 고치고 다듬기에 많은 노력과 정성을 기울였다고 전해져온다.

이들의 재능을 우리는 감히 따라잡을 수 없다. 귀감龜鑑이 될 부분을 본받을 뿐이다. 시성으로까지 우러러 일컬어진 두보도 쓴 시 다듬기에 온 힘을 다했다는 사실을 반드시 기억해야 한다.

숙성된 언어표현일지라도 그 표현에 어긋남이 없는지 살피고 또 살펴보는 일은 더할 나위 없이 성실한 시 창작태도이다.

대체로 논저論著는 서론, 본론, 결론으로 진행한다. 소설 등등의 산문散文은 문학성을 살려야 하고 글의 짜임새에도 탄력이 필요해서 기승전결起承轉結의 방식을 채택하는 것이 보통이다.

그렇다면 시 창작의 진행은 어떤 방식이 가장 좋을까? 가장 최선이라고 단정할 만한 방법은 없다. 다만 글쓴이의 시 창작교실에서는 시의 도입, 전개, 전환, 정돈(결말)의 방법을 적용하면 좋겠다고 가르친다. 까닭이 있다. 도입과 전개가 뒤틀리면 '산만한' 시가 되고, 전환이 없으면 '싱거운' 시가 될 염려가 있으며, 결론이 제시된 시는 여운이 사라지고 공명이 깨지는 경우가 많더라는 경험 때문이다. 특히 강한 결론이 등장하면 시가 아닌 논조, 주장, 사상전개가 될 위험성이 커진다. 비록 특별한 내용일지라도, 그것이 서정으로 작용하는 경우는 드물었다. 결론 대신 결말로 정돈하면 오히려 공명이 더 길게 이어진다. 이 책의 마지막 단원(퇴고의 한 방법)에서 이 부분의 모양새가 자세히 언급될 것이다. 이 장에서는 도입, 전개, 전환, 정돈의 큰 윤곽을 먼저 살펴보기로 한다.

1) 도입

시적대상을 시에 끌어들이는, 즉 시 창작에서 언어형상화가 시작되는 단계이다. 동기(motive)가 된 주제와 소재를 어떤 언어로 형상화해낼지 모색摸索하는 구상(conception)이 이것의 전제라고 할 수 있다.

2) 전개

내면인식의 형상화, 시 골격 틀 구성(composition)의 과정이다. 이 단계에서 주제와 소재가 연결된다.

3) 전환

구상과 구성이 어떻게 연결된 관계인지 그 구체적 실체를 드러내는 단계이다. 이때 갈등이 제시되면 시적 긴장감이 생긴다. 시의 성패는 갈등의 까닭이 어떤 납득을 불러일으킬지에 달려 있다.

4) 결말(정돈)

조화롭게 정돈된 시는 안정감을 준다. 조화는 어우러짐이어서 갈등의 시달림과 반전의 놀라움도 독자가 수용하고 수긍하게 한다. 주의해야 할 것이 있다. 정돈이 끝났다고 시 창작의 끝은 아니라는 사실이다. 퇴고의 과정을 거쳐서 완성에 닿는다.

　시 쓰는 방법의 차이는 누구나 갖고 있다. 위 이야기 역시 시 창작 과정에서 가장 기본이 되는 보편적 틀의 범위를 말한 것이다. 굳이 여기 얽매일 필요는 없을지 모르겠지만, 이 틀의 확장과 축소에는 반드시 구체성 확보가 필요하다는 사실을 기억해두어야 한다. 구체성은 독자가 한 편의 시에 공감할 수 있는 전제조건이다.

　삶은 세상과 맺는 관계이고, 이 접촉이 몸과 마음에 갖가지 반응(어떤 의미부여가 됐는지 따지는)을 일으키는 경험의 연속으로 이어진다. 시간이 지나면서 이런 사연들은 잊히거나 소멸될 수 있다. 그러나 절대 잊히지 않는, 잊을 수도 없는 대상(꼭 사람이 아니더라도 책 한 줄의 내용이든가 우연히 마주친 절절한 풍경)을 만날 때가 있다. 이 순간 받는 영감, 심리적 충격이나 자극, 뇌리에 스며들 듯 다가온 인상 등의 체험이 모두 다 시의 씨앗이 된다. 시를 쓰고자 하는 동기나 계기가 되기도 한다. 이때 마음에 부딪혀 온 최초의 상념(혹은 관념, 허위나 작위적이지 않은) 또한 절절한 시의 씨앗인 것이다.

　다만 이 부분에서 다음과 같은 착오가 발생할 염려가 있음을 알아둘 필요가 있다.

　누군가가 깊은 사유나 통찰이 아닌 어설픈 상념을 떠올렸고, 시의 좋은 씨앗을 얻었다는 착각에 그만, 이를 덥석 심어버렸다면? 한참 생각할 필요도 없다. 착각으로 허위나 작위作爲의 씨앗을 심었는데 진실하고 선하고 아름다운 결실이 있겠는가? 혹시 겉모습은 그럴듯할까? 그러나 거둬들인 것은 알맹이 없는 씁쓸함의 쭉정이뿐일 것이다. 허위는 거짓이다. 정직하지 않음이다. 위선이다. 민낯을 보여줄 자신이 없는 눈가림의 꾸밈이다. 기만과 허영의 색채로 치장한다. 이해타산이 개입될 경우에는 마지못함이 나타날 때도 있다.

이런 시를 읽을 때의 기분을 한번 상상해보기 바란다. 만약 그 시를 쓴 사람의 삶을 살아내는 태도까지 그렇다면 그 결과는 비천卑賤과 공허밖에는 드러낼 것이 없을 것이다. 이는 그가 쓴 시에도 그대로 나타난다. 가끔 어쭙잖은 인식이나 지식을 드러낼 때도 있어서 모양새가 그럴듯해 보일 때도 있기는 하겠다. 그러나 제대로 읽을 줄 아는 독자의 눈에는 가소롭게 느껴질 억지가 보일 뿐이다. 시의 좋은 열매를 기대할 수 없다는 뜻이다.

우리는 맑고 순수한 시적사고를 습관화시키려 노력해야 한다. 가치 있는 미적체험[52]을 많이 해보는 것은 더욱 좋다. 시의 좋은 열매를 맺기 위한 방편들이다. 물론 이 모두가 다 좋은 시를 쓰게 하는 것은 아니다. 그러나 상당히 고상한 삶의 태도를 지니게 될 것은 분명하다. 이는 그 자체만으로도 좋은 일이다. 차츰 시 창작의 진전이 나타날 것도 분명하다. 맑고 순수한 시적사고의 감성을 갖기 시작하면 사물을 보는 시각의 관점에 깊고 풍부한 통찰력이 곁들여진다. 마주치는 대상의 존재성에서 새로운 의미를 발견해보려는 의식이 발생한다. 인간본성이 어떠함과, 삶의 태도가 어떠해야 함의 깨달음도 뒤따라온다. 온유함과 오래 참음과 무례히 행치 않음의 모습이 몸과 마음에 자연스럽게 실행되기를 간구하게 된다. 사무사思無邪란 이런 것을 말한 것이다.

3. 시 제목이 갖는 의미

이름(호칭)은 존재의 정체성을 확인하는 도구이다. 그 놓임새(위치)와 쓰임새(역할) 파악의 통로가 된다.

시 제목도 마찬가지다. 시가 호소하고 싶은 것(conception)을 최초로 보여주는 장치이다. 시 구성에 제일 먼저 개입하여 처음 시선을 끌어당긴다. 호칭이 신선하면 독자는 기발하다는 느낌을 받는다. 고유성을 지녔으면 마음이 끌려간다. 어떤 시를 읽고 한참이 지나면 내용이 선명치 않을 수 있다. 그러나 제목만큼은 여전히 기억에 남아 있는 경우가 많다. 최영미 시집의 표제『서른, 잔치는 끝났다』를 예로 들 수 있겠다. 내용은 이제 잘 생각나지 않을 것이다. 그러나 서른 즈음의 자기 역할에 고민하던 시간을 보내며 그 시집을 펼쳐봤던 사람들이라면 제목만큼은 아직도 떠올릴 수 있을 것이다. 이처럼 시를 이야기할 때는 제목을 먼저 거론할 수밖에 없다.

시, 소설, 레제 시나리오(lese scenario)[53] 등의 문학창작물을 언어예술이라고 일컫는다. 문학성추구가 목적이다.

이 중에서도 시는 가장 압축되고 정제된 언어형태를 지니고 있다. 음절 하나하나, 문장의 어미와 조사, 심지어는 문장부호까지 한 편의 시를 이루는 중요한 역할을 한다. 구상과 구성의 어느 한 부분도 소홀히 다루어지지 않는다. 그런데 시의 내용을 어떻게 할까 고민하면서도 제목 짓는 일을 쉽게 생각한다면, 어쩌면 뜬금없는 시를 쓰게 될지 모른다. 좋은 내용과 흠잡을 곳 없는 구조형성의 시일지라도 제목이 동떨어져 있으면 의미가 떨어진다. 시의 좋은 내용조차 평면적이 돼버린다. 시가 지니고 있어야 할 극적구조까지 허물어지는 경우도 있다. 제목은 이처럼 중요하다. 단순히 시의 내용을 암시하는 것이 아니다. 주제와 소재를 반영한다. 시 구조의 틀을 형성해 주는 역할이다. 말 그대로 title인 것이다. 시 제목은 시의 극적구조를 탄력 있게 만들며 시적정서를 계속 증폭시킨다. 한 편의 시에 사용된 시어詩語들은 절대고유성을 지닌다. 작품의 내용을 결정하는 역동적 작용을 한다. 제목도 절대성과 고유성과 통일성(시 내용과 조화롭게 어우러진)을 지녀야 한다. 제목과 내용이 동떨어져 있으면 완성도는 미흡한 것이다. 형식과 내용의 불일치로 이어진다. 아름다움의 발생을 기대할 수 없다.

그렇다면 시의 완성도를 따지는 조건은 무엇일까? 시는 모든 언어예술 중에서 가장 완벽에 가까운 미적장치를 요구한다. 조화와 통일성이 이를 충족시킨다. 이때 비로소 시는 언어의 튼튼한 구조물로 탄생하는 것이다.

건축물의 구조에서 조화와 통일성은 매우 중요하다. 구조형성은 '집합체의 수집'이 아니라는 사실도 정확히 알아둘 필요가 있다. '전체의 연결'이야말로 제대로 된 구조형성이다. 아무 관련이 없는 것들이 모이면 집합체를 이뤘을 뿐, 연결이 이루어진 것은 아니다. 조화를 바탕으로 한 '전체'는 필연적으로 서로의 관련성에 '연결'돼 있다. 그렇게 하나의 총체적인 모습으로 나타나서 아름다움을 만들어낸다. 책의 들어가는 말 끝 부분에도 썼지만, 모든 아름다운 것들은 이런 조화의 바탕에서만 만개滿開(아주 마음껏 활짝 피어남)하는 특징을 지니고 있다.

시 언어건축물에서도 행과 연은 유기적으로 연결된다. 언어의 유기적 결합은 그 시가 살아 있는 생명체로 존재하게 한다. 시 언어 하나가 한 행 안에서, 한 행이 한 연 안에서 자기의 살아 있음을 호소하고, 때로 막무가내로 대들 때도 그 까닭을 독자가 공감하고 납득할 수 있다면 그 시와 소통이 시작됐다고 말할 수 있다. 서로의 존재성에 '의미부여'를 한 것이다.

다시 말해두지만 제목이 시의 주제와 의미, 정서적 분위기에 부합하지 않으면 시 구조의 유기적 결합은 일어나지 않는다. 시의 조화로움과 통일성이 실종되는 것이다. 제목이 참신하면 독자의 관심과 호기심을 발생시킨다. 무뎌진 감각에 충격을 주고 시 전체에 집중력을 갖게 한다. 제목을 통해서 상상력이 발동되면 내용까지 궁금해진다. 특히 시의 구체적 제목은 독자의 집중력을 끌어들인다. 추상적이고 한정 범위가 넓은 제목들을 추월해버린다. 시인과 독자는 훨씬 빠르고 강하게 서로의 경험 감각에 파고들게 된다. 시를 향한 의식이 초점화焦點化되면 그 시는 응집성이 강해지는 것이다. 시의 제목은 "막이 오르기 전, 무대에 드리워진 반투명의 장막 같아야 한다"고 했던 조태일 시인의 말은, 겉에 직접 나타나는 설명문이나 논설문처럼 내용이 훤히 들여다보이면 썩 좋은 제목이 아니라는 뜻이다. 제목은 그 자체만으로도 의미를 증폭시켜야 한다. 시어들은 제각기 함축성을 지니고 있다. 독자는 거기에서 새로운 의미를 끄집어낸다. 그러므로 제목이 다양한 의미를 함축하고 있다면 시를 그만큼 매혹적으로 만들 수 있다. 시를 읽는 독자의 태도는 대부분 다음과 같기 때문이다. 먼저 제목을 읽고, 이어서 그 여운을 되짚어 헤아리며 내용을 음미하는 것. 이때부터 제목은 독자의 의식 속에서 계속 다양한 의미의 망網을 형성하며 탄력적으로 작용한다. 시의 제목은 line과 같다. 다음에 등장하는 형상과 연결된다. 소속감과 공동체 의식으로 나타날 수도 있다. 그 의식이 집단이기集團利己로 발동하면 여러 우여곡절이 발생하기도 한다. 그러니까 시는 삶과 같고, 시 제목은 우리 삶의 명분 같기도 한 것이다.

인간은 세상의 구조를 line으로 형성해왔다. 학연, 지연 등등의 인맥도 다 여기에 속한다. 까닭이 있다. 존재로서 안심하기 위함이다. 여기에는 바깥 혹은 곁으로 비껴가지 않고 섞여 있다는 안정의 뜻이 들어 있다.

그렇다면 line을 형성한 제목은 어떤 목적성을 함축하고 있을까?

발레리(Paul Valery)는 "산문은 보행의 언어이지만, 운문은 무용의 언어"라고 했다. 보행의 목적은 정해진 곳에 도착할 때까지 걷는 것이다. 무용은 걷는 것에 의미를 두지 않는다. 오로지 몸짓의 동작 하나하나를 목적으로 삼을 뿐이다. 그 표현하고자 하는 것을 다음 동작으로 연결해서 잇는다. 시 제목도 같다. 제시된 자체로 목적성을 갖는다. 제목이 무용의 언어처럼 목적성을 지닌 채 제시되면 그 시는 강렬한 시가 될 수 있다.

4. 첫 행 만들기

시 창작의 첫 단추는 첫 행이다. 사람의 만남도 첫 인상의 여운이 오래가는 것처럼, 시 첫 행에서 흥미가 느껴지면 시 전체를 향한 긴장감(기대와 호기심)이 함께 발생한다. 첫 행이 시 전체의 내용을 품는 역할로 등장하기 때문이다. 즉 주제의 도입인 것이다. 한 편의 시를 쓰기 위한 설계(구상)가 튼튼하고 흥미롭게 첫 행이 시작됐다면, 그다음은 비교적 수월하게 진행되는 것을 볼 수 있다.

시 창작에서 행과 연의 구분은 건축물의 골격을 세움과 같다. 겉으로 드러난 시의 모습을 살펴보자. 작은 마디의 이미지와 의미와 가락은 행이 되고, 큰 마디의 이미지와 의미와 가락의 연결은 연이 된다.

좋은 재료가 사용됐을지라도 구조형태가 온전치 못하면 아름답고 튼튼하고 실용적인 건축물이라고 할 수 없다. 시 창작에서도 행과 연의 구분이 온전하지 않으면 부실한 언어건축물이다. 필연성이 없는 행과 연의 구분은 기형적 형태의 시를 만든다. 운문의 구조는 치밀하다. 유기적 생물체와 같다. 행과 연으로 연결된 시 구조의 골격은 긴밀함의 필연성이 당연히 요구된다.

모든 예술의 목적과 본질은 미美의 추구이다. 이 미학표현의 완성에는 전제조건이 있다. 형식과 내용의 일치이다. 그러나 우리는 시를 쓸 때 형식보다 내용에 먼저 집중한다. 아니라고? 형식의 반듯함을 소홀히 하지 않는다고? 그렇다면 시 골격(행과 연)의 틀을 짜는 일에 명확한 인식을 갖고 있다는 뜻이니 그대는 이미 튼튼한 시인이다. 분명 반듯하게 균형 잡힌 구조의 시를 창작할 수 있을 것이다. 첫 행을 시작하는 어려움만 극복하면 된다. 모범 답안은 없다. 다만 아래에 제시될 몇 가지 유형을 잘 기억해두고, 거기에 그대의 독창성을 발휘해 얹으면 효과적 적용방법이 될 수 있다.

1) 비유로 시작하는 첫 행

비유로 첫 행을 시작하는 것은 아주 좋은 시도이다. 주지主旨(the tenor)와 매체媒體(a vehicle)는 이질적 성질인데, 그 본질 속에 감춰진 속성이 동일성으로 결합하는 모습54)의 제시가 비유이다. 비유는 우리가 흔히 갖는 일상적 관념에 새로운 시각을 열어준다. 일상적인 관념을 깨뜨릴 수 있다. 첫 행이 놀라움과 새로움으로 독자의 관심을 집중시키면, 이때부터 그 시는 상당한 힘을 발휘하게 된다.

위에서 말한 주지는 비유의 원관념이고, 매체는 보조관념이다. 다음에 이어질 7단원(시 언어의 본질과 핵심, 비유와 구체성 확보)에서 더 세밀하게 설명할 것이다.

2) 관념어로 시작하는 첫 행

아직 습작기이거나, 시 창작 연륜이 짧은 이들 중에 이런 방식을 선호하는 경우가 많다. 주의해야 할 것이 있다. 관념어는 구체성의 뒷받침을 더 튼튼히 받아야 한다. 허공에 들떠 있는 언어일 수 있기 때문이다. 구체어는 실재實在에 뿌리를 내리고 있다. 구체성 제시는 관념을 극복하는 힘으로 작용한다. 첫 행을 관념어로 시작했다면 그 다음 행에는 반드시 적극적 암시이거나 분명한 묘사 등의 구체적 언어표현을 등장시켜야 한다.

3) 계절의 언급으로 시작하는 첫 행

모든 생명체는 시간성의 제약을 받는다. 계절의 특성에 민감하다. 시간성은 주지와 매체의 재료로도 많이 사용된다. 시간을 뜻하는 단어는 관념적이기 쉽지만 한정범위는 매우 넓다. 구체성을 부여할 수만 있다면 깊은 의미를 품은 시적재료가 된다. 이런 이유에서 계절이 첫 행에 등장하는 경우는 많다. 시간의 바뀜이나 흐름에만 한정하지 않는다. 어떤 현상이나 상황을 나타내는 하나의 원형이기 때문이다. 계절은 생명의 생성과 성장, 성숙과 결실, 소멸 등등에 모두 관계되어 있다. 보편적 의미에서 봄은 시작이고, 여름은 성장을 위한 모든 에너지의 발산이며, 가을은 결실의 때임과 동시에 겨울의 침잠을 준비하는 시간이다. 이런 보편성에 반전, 충격, 낯설어도 납득할 수 있는 이미지가 제시된다면 계절의 언급을 첫 행으로 삼은 시에서 돋보임이 될 것이다.

4) 공간을 제시하여 시작하는 첫 행

터미널이나 공항 등등의 장소 체험은 누구에게나 있다. 첫 행에 이런 공간이 제시되면 공감과 친숙함을 느끼기 쉽다. 호기심과 기대를 발동시킨다. 아직 닿지 못했지만 곧 닿으리라는 미지의 세계를 향한 출발점이기 때문이다. 공간이 첫 행으로 제시된 시는, 독자가 계속 긴장감과 호기심을 놓지 않도록 다음 행에서 이를 증폭시켜줘야 한다. 탄력적으로 받쳐주지 못하면 첫 행의 공간제시로 만들어진 시적 분위기와 상상想像의 여운이 사라진다. 싱거워진다. 첫 행에 공간을 제시하며 의욕적으로 시 창작을 시작했지만 결국 무덤덤한 시가 되는 까닭이 있다. 앞 행의 여운을 다음 행이 충족시켜주지 못했기 때문이다. 계절(시간성)을 첫 행에 언급했거나 공간제시로 시작한 시는 다음 행에서 이를 받쳐줄 구체적 이미지를 잇대어야 한다. 회화적繪畵的(시각에 호소하는) 이미지를 권장하고 싶다.

5) 낯선 상황, 참신한 이미지를 등장시킨 첫 행

이는 독자의 시선을 빠르게 집중시키는 방법이다. 시적긴장감을 발생시킨다. 시인의 개성적 시각을 돋보이게 하고, 독자의 상상력도 크게 자극할 수 있다.

6) 평서형 문장으로도 시작하는 첫 행

첫 행의 시작이 매우 중요하다는 인식이 충실해지면 그 습득의 방법도 자연스럽게 익힌다. 흡인력이 있는 기발한 첫 행을 만들겠다는 억지는 부릴 필요가 없다는 사실도 깨닫게 된다. 이런 균형 잡힌 태도를 갖기 위해서는 평서형 문장의 첫 행 만드는 연습을 해볼 필요가 있다. 쉬울 것 같으나 쉽지 않다. 주어를 일인칭으로 사용하느냐, 생략하느냐에 따라서 형태변화가 생기기 때문이다. 일인칭 주어 '나'가 등장하면 화자의 태도, 시적분위기가 달라진다. 인식주체자가 다른 대상과 차별성을 갖는 까닭이다. 평서형 문장은 형태상 완결된 구조를 갖는다. 첫 행으로 사용하기에 부담스럽지만, 그 진술과 독백으로도 매우 큰 호소력을 발생시킬 수 있음은 사실이다.

7) 수식어와 수식을 받는 중심단어로 시작하는 첫 행

시 창작에서 수식어는 한 단어의 치장이 주목적은 아니다. 수식받는 언어를 의미에서 육화肉化(incarnation)[55]시키는 일을 더 중요하게 여긴다. 약간 어려운 부분인데, 시는 개념이 아니라 정서의 증폭을 더 중요하게 여긴다는 뜻으로 이해하기 바란다.

쉬운 예를 들어보겠다. 첫 행의 중심 단어(소재)가 '당신'이라고 하자. 우리의 습관적 인식 속에 자리 잡고 있던 '당신'을 존재의 의미에서 육화시킨다는 것은, 그냥 막연했거나 그저 그렇던 당신을 '아름다운' 당신, '멋진' 당신, 그러니까 '더할 나위 없는' 당신으로 정서(인식)를 증폭시킨다는 뜻이다. 예를 하나 더 들어서 차를 마시려면 물을 끓여야 한다. 그 과정에서 물이 끓는 '소리'를 듣는다. 이때 우리가 일상적으로 사용하는 '물이 끓는 소리'보다는 '물이 익어가는 소리'라고 한다면 찻물의 상태에 훨씬 더 큰 의미의 육화를 발생시킬 수 있다.

8) 의태어나 의성어 등으로 시작하는 첫 행

흔한 경우는 아니다. 의태어는 시각적 감각에 호소하고 의성어는 청각적 감각에 호소한다는 이야기는 앞에서 했다. 의태어, 의성어로 첫 행을 시작하는 것은 기표(signifiant)를 강조하는 의미이다. 운율의 효과를 살리려는 뜻도 있다.

9) 명사와 동사의 사용으로 시작하는 첫 행

명사에 호격조사呼格助辭를 붙인 첫 행은 청각을 자극한다. 화자가 "누구, 누구야" 불러주니 독자는 당연히 친근감을 느낀다. '~하다'의 동사는 행위의 강조와 시의 운율 형성에 기여한다.

첫 행을 시작하는 몇몇 방법들의 큰 덩어리(大綱)를 살펴보았다. 잊지 않아야 할 것이 있다. 시의 각 행들은 유기적으로 연결돼 있어야 한다. 흡인력이 있는 시는 반드시 첫 행에서 다음 행의 궁금증과 호기심을 불러일으킨다. 독자를 끌어당기는 첫 행의 힘이다. 이 힘이 약하면 다음 행이 반드시 강하게 밀어줘야 한다. line의 연결고리를 작동시키는 일이다. 시적 긴장감이 스러지지 않을 것이다.

한두 가지의 부연설명을 아래에 짧게 잇는다. 시에 큰 공명을 일으키는 발성법 훈련이다.

김춘수 시인은 "행은 리듬의 한 단락이거나, 의미의 한 단락이거나, 이미지의 한 단락"이라고 했다. 습작기에도 리듬의 단락으로 행을 만드는 방법에는 은연중 익숙하다. 운문과 산문의 구별이 운율에 영향을 받음도 알고 있다. 습작기에는 의미를 강조하는 시를 쓰는 경우(속에 있는 것을 다 표현해보려고)가 많지만, 사실은 운율 자체만으로도 의미는 강조될 수 있다. 또 의미의 단락으로 행을 만들 때는 주의해야 한다. 의미가 중심이 되면 리듬이 느슨해지고 노골적 직유가 사용될 수 있다는 사실이다.

시를 쓴 연륜이 쌓여갈수록 이미지로 첫 행을 만드는 경우가 많아진다. 처음부터 선명한 인상을 준다는 사실을 알았기 때문일 것이다. 그대도 이제부터는 이미지가 살아 있는 첫 행을 만들어보기 바란다. 그 신선함에 많이 놀라게 되리라. 그러나 굳이 이미지에 집착하지 않더라도 리듬이나 의미의 단락으로 행을 만드는 방법에 어긋남이 없다면, 시의 흐름은 자연스러워진다.

시를 읽다가 돌연 어떤 행에서 긴장감과 낯섦을 맛볼 때가 있다. 이런 효과를 내는 것은 강조의 단락이다. 평범한 흐름을 의도적으로 거역해서 독자를 긴장하게 만드는 것을 말한다. 역설, 낯섦, 돌출 등의 단락이 등장하면 시가 팽팽해진다. 독자의 의식을 집중시키는 뛰어난 창작기법이라고 할 수 있다. 그러나 시를 쓰면서 강조의 단락을 자주 사용하면 억지가 개입할 수도 있다는 사실을 잊지 않아야 한다. 억지는 시의 통일성과 안정감을 깨뜨린다. 독자를 당황하게 만든다. 역효과를 발생시킨다. 그 시가 지녔던 특유의 힘까지 사라지게 만들 수 있다. 억지와 작위가 노출되면 시의 호흡이 방해받는다. 튼튼한 발성은 자연스런 호흡에 의지할 뿐이다.

5. 구성의 통일성

악보의 구성에서 두 마디는 한 동기가 되고, 두 동기는 한 작은악절이 되며, 두 작은악절은 한 큰악절이 된다. 이것은 다시 한 도막 형식, 두 도막 형식, 세 도막 형식으로 진전된다. 누구나 다 알고 있을 내용이다.

시 행과 연의 형식도 같다. 따지고 보면 사실 아주 단순하고 간단한 구별이다. 행은 시의 작은 단락이고, 연은 이 작은 단락들이 모여 큰 단락을 이룬 것이다.

운율에 맞춰진 작은 단락은 리듬에 초점을 맞추고 있다. 이 작은 단락들이 모여서 연을 이루면 리듬의 큰 단락, 즉 리듬에 초점이 맞춰진 연이 된다. 이렇게 구성된 행과 연은 운율에 중심을 두고 있다. 청각적 요소를 강조한다.

마찬가지로 의미중심의 연은 메시지를 강조하는 행들의 결합이다. 의미중심의 연에는 주목해야 할 부분이 있다. 메시지의 뜻을 헤아리려면 그 결합체의 속을 들여다보아야 한다. 만약 그 속이 뒤죽박죽이면 난처하다. 의미중심의 연에는 당연히, 메시지의 통일성이 필요하다는 사실을 잊지 않기로 하자.

덧붙여서 감각에 호소하는 이미지로 연이 형성되면 그 감각의 특성이 독자를 집중하게 한다. 시각, 후각, 청각, 촉각, 미각 등의 오감을 향한 직접적 호소이기 때문이다. 특히 시각적(회화적) 이미지 사용에 익숙해지면 다른 이미지도 수월하게 사용할 수 있다. 시각적 이미지는 시 내용에 구체성 부여를 더 쉽게 하도록 해준다.

일상적 언어는 의사전달이나 개념을 설명하는 전달수단이 목적이다. 여러 형식의 언어사용이 가능하다. 부모님의 호칭을 아버지, 어머니가 아니라 아빠, 엄마라는 다른 언어형식으로 대체해도 의사전달에 혼란은 발생하지 않는다.

그러나 시 언어는 그 형식을 바꿀 수 없다. 비슷한 의미의 다른 언어로 대체하지 못한다. 그 본질이 절대적 존재성을 지녔기 때문이다. 시 언어는 그 자체가 목적적인 존재다. 한 편의 시는 이 고유성을 지닌 언어들의 유기적 결합으로 창조된다. 시어詩語의 존재이유는 한 가지뿐이다. 그 자리에, 그 언어가 아니면 표현의 의미가 왜곡될 수밖에 없는, 오로지 그 언어만 사용되어야 할 필연성과 유일성唯一性이다. 앞에 언급했던 발레리의 말(시는 무용의 언어이고 산문은 보행의 언어)은 시어의 존재목적을 꿰뚫고 있다. 언어 하나하나가 발레의 동작과 같은 성격의 목적성을 지니고 존재한다. 이 시어가 꼭 있어야 할 그 자리에서 사용될 유일어가 아니라면, 어조의 가락까지 얽혀서 툭툭 끊기기라도 하면 고개 끄덕여주기 난처한 시가 될 수밖에 없다. 마치 동작과 가락이 엇갈려버린 어설픈 무용처럼.

우리는 먼저 시어의 정확성을 확보한 시력을 지녀야 한다. 대상을 제대로 살펴보는 힘의 뒷받침에서 나온다. 사물을 관찰하는 각도에 왜곡이나 치우침이 없는 분별력을 말한다. 그다음이 행과 연을 자연스럽게 어우러지게 하는 통일성이다. 통일성은 가락에도 많은 영향을 받는다.

6. 시 언어 선택

"문학에서의 표현은 말(언어)에 의한 나타냄이다."

이상섭56)의『문학비평용어사전』이 하는 말이다.

시 언어는 이미지와 상징, 진술과 독백, 암시와 함축, 비유와 묘사 등등의 시적표현장치로 등장하는 구체적 실체이다. 언어의 선택과 표현은 시 창작의 처음과 마지막이다. 대상의 존재성을 문학적 형상으로 만들어내는 절대적 수단이라는 뜻이다. 이런 강조가 이제는 흘려들어도 괜찮을 것 같겠지만, 그만큼 신중하게 언어를 대하라는 당부로 다시 언급했다.

종교의 경전을 해석해서 반포頒布하는 이들은 대가를 바라지 않는다. 몸 바치는(獻身) 생애의 길을 걸어갈 뿐이다. 각자의 입장에 따라서 영혼구원과, 육신의 해탈과, 인의의 도리를 행함이 삶의 절대가치가 되기 때문이다. 언어 다루는 일에도 이처럼 치열하게 온 마음을 다하면, 우리의 삶 역시 절대가치를 추구하는 것이라고 말하고 싶다.

"언어 하나 찾아내느라고 꼬박 하루 동안 두 팔로 머리를 싸안고 가엾은 뇌수를 쥐어짜는 일이 무엇인지 당신은 모를 것이다."

프랑스의 대문호 플로베르조차도 정확한 창작표현수단을 찾는 일의 어려움과 고통을 저렇게 토로했다.

탈무드57)의 "글자 한 자의 더함이나 덜함이 전 세계의 파멸을 의미할 수 있다"는 말은 시 창작에 그대로 적용되는 말이다. 언어 하나, 심지어는 문장부호 하나로 시 전체가 살거나 죽을 수 있다. 시인은 시적재료로 포착된 대상을 표현할 가장 적확的確한 말을 찾아내고, 그 언어가 대상인식에서 가장 정직하고 진실한 말인지 몰두해서 파악한다. 정신과 마음을 집중해서 찾은 언어이고, 전혀 허위가 없더라도 자기 스스로 완전한 언어를 선택했다고 말하지 않는다. 그 찾아낸 언어에 '인식의 오류'58)나 일방성이 제거됐다고 장담하지 않는다. 오직 그 가치는 독자의 공감과 평가로 판단되기를 원할 뿐이다. 이런 태도를 겸손한 정신세계라고 하는데, 시인은 이렇게 함으로써 그 주관적 정신세계를 인정받을 수 있다.

시인은 시적재료로 선택된 대상에게 가장 알맞은 이름을 지어주는 사람이다. 시적재료와 유기적으로 맺게 된 관계성과, 그 내면인식에서 발생한 정서를 언어표현수단을 통해서 대상의 존재성이 어떠하다고 밖에 드러낸다. 언어를 지휘하고 배치하는 역할로 독자에게 감동을 주는 선구자인 것이다. 이 사실을 기억하면 일상의 말 다루는 일 역시 소홀히 하지 않게 될 것이다. 이는 시 쓰는 사람의 궁지이다.

시 창작은 언어를 조직하는 일이다. 튼튼한 언어조직을 만들려면 사용언어 오류의 최소화, 즉 정확성을 갖춰야 한다. 문장에 붙어 압축미를 떨어뜨리는 군더더기도 제거할 필요가 있다.

그대와 내가 지금 한 편의 시를 창작해서 앞에 펼쳐놓았다고 하자. 내면의 정서가 가장 합당한 언어로 적절한 위치에 자리 잡았다는, 사유 속에서 돋아난 것들이 최상의 언어와 결합한 유기적 통일체가 됐다고 말할 수 있어야 한다. 한 편의 시를 창작하는 과정에는 다음과 같은 일들도 발생하기 때문이다. 행과 연으로 연결성을 갖기 시작한 언어의 조직에 낯설게 하기도 아닌, 독특한 개성(존재성)을 지니지도 못한 괴상한 단어 하나가 불쑥 끼어드는 것. 어쩌면 이는 시 쓰는 사람의 욕심으로 불러들였다는 것이 솔직한 말일지 모른다. 은연중에 시 조직에 힘을 더해보려는 의식 때문이다. 문제는, 조직의 성격에 전혀 맞지 않는 언어가 자리를 잡게 되면 조직구성이 혼란스러워진다는 것이다. 그래도 미련을 버리지 못함은 그 품새(단어의 형태)가 제법 그럴듯해서이다. 조직(시)을 재정비(수정, 탈고)하면서도 버리기가 아까울 정도이지만 끝내 조직에 도움이 되지 않는다.

촉박한 시간 안에 목적지에 닿으려면 간결함이 필수다. 불필요한 치장이나 군더더기 장식에 미련을 두지 않는 포기의 결단을 말한다.

시 창작에도 예외는 없다. 이것을 염두에 두지 않고 만들어진 시가 있다면 그 시의 조직은 온전할 수 없다. 한 편의 시가 갖는 통일성에서 벗어난 언어가 끼어들면 혼란스러운 언어집합체로 전락해버린다. 연결이 구차하면 시가 될 수 없다. 엉뚱하게 끼어든 언어에게 보직을 주지 않음이 해결책이다. 차라리 기억의 창고에 숙성시키는 작업이 더 좋은 방법일 수 있다. 이 언어를 중심소재로 다른 시를 창작해볼 수 있을 테니까. 한 편의 시에 너무 많은 이야기를 담으려 할 필요는 없다. 그 시의 주제와 소재로는 전혀 관계성이 없는 언어를 끌어들이는 것은 욕심일 뿐이다.

시적대상을 포착한 정서가 충분히 숙성하면 저절로 맑은 향기가 풍겨 나온다. 자연스러움과 간결함이 특징이다. 내세움도 없다. 노골적으로 발휘되는 것은 향기일 수 없으며 단지 어떤 냄새에 불과하다는 사실을 우리는 이미 알고 있다.

어떤 시에 등장한 언어가 참 기발하다고 하자. 그러나 시적재료로 삼은 대상에게 어울리지 않는, 무엇을 말하려는지 분명하지도 않은 감각적 언어만 눈에 띈다면? 시적대상에게 발생한 그 내면인식이 더 숙성되어야 한다는 증거이다. 이 사실을 충실히 인지하면 한 편의 시에 여러 이야기를 담지 않는다. 표현은 정확하고 간결하게 압축되어서 나타난다. 이럴 경우, 하고 싶은 말을 다하지 못했다는 아쉬움이 남을 수 있다. 글쓴이는 그 심정을 잘 안다. 오래전 이야기지만 그런 경험 얼마든지 해봤기 때문이다. 그러나 한 편의 시에는 하나의 이야기를 담는 것이라는 인식에 익숙해질 필요가 있다. 그렇게 충족과 절제의 습관을 만들어야 한다. 언어를 절제하겠다는 인식은 이것저것 의미도 불분명한 단어를 시에 나열하지 않겠다는 결단이다.

이때부터 시 창작에 진전이 일어난다. 적절한 은유와 상징을 사용하게 된다. 관념어는 늘어놓지 않는다. 언어처리의 결단력 습득이다. 납득이 가지 않는 단어는 가차 없이 버리는 것을 말한다.

충실하게 시를 써보려는 이들은 이런 사실을 늘 염두에 두고 있다. 시적대상을 표현할 유일어唯一語를 찾는 일이 얼마나 어려운지, 언어 하나를 찾기 위해서 온 정서와 내면인식을 얼마나 들볶아야 하는지, 이런 치열함과 끈기는 시를 향한 뜨거운 애정 없이는 감당해 내지 못한다.

이 단원에 보충해야 할 내용을 다음 단원에서 잇기로 하고, 정지용59) 시인의 말을 덧붙이며 줄인다.

"시에서 말 한 개 밉게 놓인 것을 나는 용서할 수 없다."

7. 시 언어의 본질과 핵심, 비유와 구체성 확보

시 언어 선택은 적확하고 표현은 구체적이어야 한다. 내용의 조목 조목 설명이 구체적 표현은 아니다. 그 대상의 특질을 이미지로 '고스란히' 보여주는 것이 구체성 제시이다. 시인의 독특하고 주관적인 관점을 독자가 납득하고 공감하게 만드는 힘은 구체성에서 발휘된다. 이런 까닭에서라도 대상의 특질 묘사는 선명해야 한다. 어정쩡하거나 추상적이면 독자를 납득시킬 수 없다. 추상적 표현은 대상의 특질은커녕 그 표현의 뜻조차 헤아려보기 난처하게 만든다. 그런 시에 흥미가 생길 이유가 없다. 시적장치로서 함축과 내포도 아닌, 무슨 뜻인지 막연한 표현을 늘어놓았다면 밖에 내보일 가치는 없다.

시 언어는 간결하게 압축돼 있어야 한다. 때로는 생략과 여백을 남기는데, 이 여백에서 울림의 여운이 돋아난다. 명료하고 구체적인 비유가 앞에 제시됐을 경우이다. 그렇지 않으면 시인과 독자 사이의 정서적 공감대 형성이 막막할 수밖에 없다. 추상 언어가 울려대는 뜻 모를 공명의 라비린트(labyrinth)[60]에 어리둥절해서 더듬거리기나 할 뿐, 감정의 소통은 이루지지 않는다.

유행가의 가사와 멜로디도 잘 어우러지면 심금을 울린다. 감상주의에 빠지는 것이겠지만, 마음이 가라앉았을 때 애절한 가사와 멜로디에 끌리던 경험은 누구나 다 맛본 것이다. 정서의 공유화 발생이다. 물론 유행가 가사와 시의 격格이 같지는 않다. 그러나 시의 감동 역시 사람의 심금을 건드리는 것은 마찬가지다. 그 여운의 지속성에 차이가 있을 뿐이다.

흔히 시의 내용이 어렵고 고상해서 격이 있다고 말하기 쉬우나, 이는 착각이다. 시를 읽으며 감동하고 격을 느끼는 것은 오직 한 가지 이유뿐이다. 그 내용과 표현이 아주 구체적이어서 우리의 정서가 순순하게 동의하고 받아들여서 수긍한다는 것. 이 구체성은 대상을 향한 밀착감에서 얻어진다. 까닭에 이를 실감하는 독자는 작위와 허위를 느끼지 않는다. 당연히, 정서의 반응은 지속성을 지니게 된다. 체험의 기억이 결핍된 관념 제시는 여기 닿을 수 없다. 비록 기발한 언어를 사용했을지라도 구체성이 결여된 글에서 결함이 나타나는 이유가 있다. 체험의 기억 자체가 존재하지 않기 때문이다. 독자가 충분히 경험했거나 감각을 일깨울 만한 인식표현(이미지 제시)이 없으면 시 쓴 사람의 표현에 동의하는 밀착감은 크게 생기지 않는다. 체험적 인식을 도외시한 관념적 표현은 정서의 공유화를 만들어내기 어렵다.

시인은 한 편의 시에 자기 주관을 담아서 내놓는다. 이를 독자와 함께 나누려면 자신의 주관을 객관적 표현으로 나타내야만 한다. 구체성 확보를 위한 노력의 필요성이다. 주관의 객관화는 모든 관계성에서도 소통의 중요한 통로가 된다. 일상적 언어는 소통과 전달의 역할을 하는 설명적 용법이다. 그러나 시 언어는 어떤 대상, 즉 사물과 현상에 반응하는 내면인식 표현의 정서적 용법이다. 이 정서가 독자와 공감할 수 있도록 나타낸 것을 '언어의 구체적 실체'라고 말한다. 시인의 표현(이미지)이 독자의 심상心象에 맺히게 하는 언어장치라는 뜻이다.

추상적 관념이 나열된 언어의 조직은 엄밀하게 말해서 시가 아니다. 시가 되려면, 각 언어의 연결이 시적장치에 충실하게 적용돼 있어야 한다.

시인은 이런 치열한 각성과 노력으로 언어와 사랑에 빠져들어 간다. 이런 면에서 본다면 누구나 시인이 될 수 있지만, 그러나 그 모두를 다 시인이라고 할 수는 없는 것이다. 사랑은 아무렇게나 하는 것이 아니고, 아무나 사랑할 수 없는 것과 같다. 마찬가지로 시에는 반드시 독자와 교감해서 공감대를 형성할 문자기호의 신호와 호소가 필요하다. 이때 이미지와 상징과 진술과 독백과 묘사의 쓰임새에 오해가 발생하면 진정한 의미의 시라고 할 수 없다. 좋은 시는 표현의 구체성과 진정성이 충족된 것을 말한다. 사랑을 나타내는 일이 이렇다.

시 창작의 방법에 특정한 법칙은 없다. 세워야 할 골격이 있을 뿐이다. 여러 가지 형식과 표현의 기능을 인지하는 일이다. 이 형식의 기능에서 최우선으로 작용하는 것이 비유比喩이다. 주지와 매체의 유사성을 찾아내는 수단이며 장치인데, 이때 주지의 숨겨진 모습을 드러내는 매체가 장식에 불과하면 문제가 발생한다. 대상(사물)의 존재의미와 이면裏面의 새로운 세계를 제대로 나타내 보이지 못하기 때문이다. 비유는 어떤 사물에 가서 닿은 불빛이라고 할 수 있다.

조태일 시인도 같은 말을 했다. "비유는, 시인의 직관과 상상력에서 나오는 불꽃이며 빛"이라고.

이 빛을 통해서 보이는, 사물의 여태 몰랐던(예측하지 못한) 새로운 모습은 우리가 갖고 있던 인지와 감각에 충격과 경이로움을 맛보게 한다. 그 세계에 숨어 있던 진실을 발견하도록 만든다. 이런 면에서 볼 때, 비유 사용의 힘 크기는 시인의 역량을 재보는 척도가 될 수 있다. 이 역량에는 시인이 사물을 보는 초점과 관점의 범위가 다 포함된다.

시적대상을 포착하면 우선 그 모양과 특성을 살핀다. 아직 분명하지는 않지만 어떤 느낌도 받는다. 추상적 의미나 관념이 떠오르기도 한다. 내면인식의 반응이다. 여기에 어떤 구체성 부여가 효과적일지

모색하다가 겨우 건져낸 언어가 동떨어진 표현이면 난처해진다. 얼토당토않은 언어는 정서적 공감대를 만들지 못한다는 사실을 알고 있기 때문이다.

언젠가 글쓴이의 시 「자화상」에서 <죽어도 나무이기를 포기하지 않는/ 갈대>라는 비유를 사용한 적이 있다. 나무와 갈대를 비유로 결합시켰는데, 마음에 희로애락의 출렁임이 심하다가 겨우 가라앉음을 맛보게 됐을 때였다. 작은 바람 앞에서 뿌리까지 흔들릴 수밖에 없다는 자신의 본질인식. 나무 역시 부딪혀오는 어떤 바람 앞에서 줄기 가지가 갈대처럼 출렁이며 흔들릴 수 있지만, 그러나 뿌리는 흔들리지 않는다는, 그런 나무처럼 뿌리의 본질이 굳건하고 싶다는 염원을 담은 비유였다.

원관념과 보조관념, 즉 주지와 매체는 다음 단락들의 비유 각론을 통해서 설명할 것이다. 먼저 물어볼 것이 있다. 어떤 미지의 사물이, 알기는 알 것 같은데도 잘 알지 못하겠는 것이 앞에 놓였다. 이 사물을 잘 이해하고 느끼고 알아내는 가장 효과적이고 필수적인 수단이 무엇일까?

대답은 간단하다. 대상에게 가깝게 밀착해보는 것이다. 여태까지의 인식태도에 혼란을 자초하지 않겠다는 이기심이나 지레짐작은 곤란하다. 혹시 처음부터 객관적이어야 한다는 인식태도를 지녔다면 정서의 메마름일 수 있다. 그런 태도로 잠깐 시간이 지나가는 동안에는 경륜 같아서 그럴듯해 보일지는 모르겠다. 그러나 우여곡절의 절절함을 겪어보지 않으려는 그 인식세계는 관념에 지배받을 수밖에 없다. 끝내 그 한계를 벗어나지 못하면 늘 그뿐이다. 영향력의 확대는 더 이상 이루어지지 않는다. 어느 시점부터는 누구에게 권하는 비전(vision) 제시의 설득력도 떨어져 있을 것이다.

시 쓰는 사람은 대상(누구이든, 무엇이든)에게 늘 밀착해 있겠다는 마음을 지녀야 한다. 이때 균형을 잃지 않은 상태를 유지할 수 있으면 비로소 대상에게서 너무 멀지도 가깝지도 않은, 넘치거나 모자라지 않는 심리적 거리를 확보할 수 있게 된다. 『시학』이나 아도르노(Theodor Wiesengrund Adorno)가 말한 용어로는 '본받아야 할 이지理智'라고 할 수 있다.

이지는 관념이나 착오를 다스릴 수 있는 지적능력을 말한다. 성품의 차가움이 아니다. 본받아야 할 이지는 밀착해서 맛보는 주관성에 적당한 거리를 설정함으로써 객관성을 확보하는 힘의 뜻을 포함한다. 대상(사람, 사물, 상태, 상황, 현상)을 '있는 그대로' 보는 것이다. 치우치지 않는 정직함을 말한다.

이는 시인에게 반드시 필요한 태도이다. 어떤 일 앞에서도 균형을 잃지 않으며 따뜻한 가슴을 지니는 것. 이를 잘 기억해두도록 하고 이제 비유의 장場에 들어가 보자.

1) 비유의 기본구조

비유는 주지主旨(a tenor)와 매체媒體(a vehicle)의 결합구조로 이루어진다. 주지(원관념)는 시 쓰는 사람이 등장시킨 본래의 사물이다. 매체는 주지를 효과적으로 표현하기 위해 불러들인 또 하나의 사물인데, 다른 용어로는 보조관념이라고 한다.

앞에서 예를 든 <죽어도 나무이기를 포기하지 않는/ 갈대>의 원관념과 보조관념을 한 번 더 살펴보자. 나무와 갈대는 각기 다른 사물이다. 이질성을 지녔다. 다만 본질이 내포하고 있는 의미에서 바람이 불면 흔들릴 수밖에 없는 '존재의 동일성과 유사성'을 발견할 수 있다. 이 동일성과 유사성이 비유의 원리이다. 동일성과 유사성의 발견은 객관적 논리에 구애받지 않는다. 시인의 창의력으로 얼마든지 끌어들일 수 있다.

2) 비유의 방식과 종류

비유의 방식에는 직접적 비유가 있다. 시 창작에서 권장되지 않는다. 원관념과 보조관념, 즉 주지와 매체의 동일성과 유사성이 그대로 노출되기 때문이다. 별다른 상상력이나 창의력이 필요치 않다. 유치한 예를 들어보겠다. 별이라는 원관념에 눈동자라는 보조관념이 결합해서 <별처럼 반짝이는 눈동자>라는 비유가 등장했다면, 흥미가 발동하여 정서가 움직여지겠는지.

한편으로는 직유를 적절히 사용할 필요가 생기기도 한다. 표현이 모호하지 않고 즉각적이며 분명한 시적장치의 기능이 요청될 경우이다. 조건이 있다. 여지를 주지 않는 경쾌함과 확신에서 나온 개성적 시각의 언어표현이라면 직유를 따질 필요가 없다. 밋밋하고 노골적인 직유는 권태롭다. 다만 신선하고 개성적이며 명쾌한 확신을 담은 표현이라면 정서적 공감대 확장과 표현방식에 납득을 이끌어낼 수 있다. 그렇더라도 시 창작에서 직유를 권장하지 않는 또 하나의 이유가 있다. 원관념과 보조관념이 결합하여 새로운 의미창출이 비유의 기본구조인데, 직유표현의 주지와 매체가 결합하면 의미의 여운을 남기기가 쉽지 않기 때문이다.

이런 면에서 볼 때 은유(metaphor)가 시 창작의 핵심이라는 사실은 중요한 부분이다. 원관념과 보조관념이 결합한 의미창출에서 직유와 전혀 다른 세계를 나타낸다. meta는 건너뛰거나 넘어섬(over, beyond)을, phor는 옮김(carrying)을 의미한다. metaphor는 이 두 단어의 합성이다. 주지와 매체에 의미론적 전이轉移가 이루어졌다는 뜻을 담고 있다.『詩學』에 처음 언급됐는데 "은유는 남에게 배울 수 없다. 이것을 얼마만큼 자기 독특성으로 나타낼 수 있는가에 따라서 천재의 표징이 가늠된다. 은유야말로 시인이 갖고 있는 독창성의 산물이며 재능"이라고 했다. 우리에게 익숙히 인식돼 있는 사실이지만, 당시의 시인들도 은유는 사물을 새롭게 인식시키며 새로운 의미로 표현해내는 것의 본태本態라는 사실을 알고 있었다. 예나 지금이나 은유는 비유에서 중심역할을 한다.

이외에 "약주가 거나해지신 동네 어르신께서"와 같은 제유提喩도 은유의 일종이다. "동네에 백차가 떴다" 등등, 특별한 유추과정이나 상상력을 동원하지 않아도 연상 작용이 일으켜지는 환유換喩도 있다.

제유와 환유는 개인의 독창성이 아니라 여러 사람의 경험과 알지 못하게 스며들어온 습관적 인식을 통해서 만들어진 비유를 말한다.

3) 비유의 힘과 효과

시의 깊은 이해와 좋은 시 창작을 위해서는 비유의 힘과 효과를 숙지熟知해야 한다. 비유는 시적재료로 포착된 대상이 시인의 가치관과 정서 속에서 어떻게 형상화됐는지 가장 효과적으로 표현해내는 방법이다. 그 대상의 본질 이면裏面의 의미를 독자적으로 선명하게 드러낸 영상인 것이다.

우리가 잘 알고 있는 것처럼 경전에는 수많은 비유가 있다. 그것을 자기 마음에 가장 구체적이며 선명한 영상으로 새겼다는 확신에 이르면 다른 아무것도 침범할 수 없는 '믿음'이 된다.

4) 창조적 인식이 만드는 비유

시의 무게를 헤아려볼 수 있다면, 어떤 시 한 편을 펼쳐놓았을 때 가장 먼저 그 시에서 사용된 비유의 힘을 가늠해본다. 독특한 비유의 시는 읽는 순간, 우리는 흔히 알고 있던 의미를 특별한 새로움과 놀라움으로 맛보게 된다. 창조적 인식과 독창적 관점이 만들어낸 비유는 시에 생명력을 준다. 시인의 창의력과 비유의 힘은 불가분의 관계이다.

5) 통찰력과 창의력을 바탕으로 한 비유

비유의 원리는 각 대상의 이질성 속에서 그들이 지닌 동일성과 유사성을 발견해내는 것이다. 비유로 창작된 시는 신선함과 경이감을 준다. 낯선 성향(배척하기 쉬운)에서 닮은꼴(끌어안아 새로워질 수 있는)을 찾아낸 성숙한 정신의 상상력과 창의력 발휘이기 때문이다. 즉 새로운 언어창조가 이루어졌음을 말한다. 시가 이렇게 창작됐고, 제대로 읽혀지게 됐다면, 그 시는 무질서한 정서의 세계를 새로운 질서로 나아가게 하는 이정표 역할을 할 수 있다. 갖가지 무가치한 사유로 삐꺽거리며 덜컥거리는 정서를 풍요롭고 반듯하게 만드는 힘으로서의 작용이다.

비유를 명확히 이해하면 사물의 본질을 헤아릴 수 있는 통찰력이 더 깊어진다. 사물과 세계를 조명할 수 있는 힘을 더 많이 얻게 된다. 시인으로서 당연히 추구해야 할 일이다.

6) 비유가 발휘하는 에너지

비유는 대상을 꾸미는 수사적 기교가 아니다. 불투명한 관념, 눈에 보이지 않던 의미를 구체적이고 선명하게 보여주는 가늠쇠 역할이다. 시적재료로 포착된 대상이 비유를 통해서 새로운 모습을 나타내면, 독자는 공감의 경험과 함께 생각의 범위를 넓혀나갈 수 있다. 시가 지닌 리얼리티(reality)이다.

7) 의인법(personification)

시 유형의 중심은 서정시이다. 세계와의 일체감이 서정시의 고유한 정신이다. 특히 의인법을 잘 기억해둘 필요가 있다. 의인법의 특징은 세계의 모든 사물에 인격성의 부여이다. 무생물까지도 살아 있는 것으로 여긴다. 모든 사물에 인격(personality)을 부여해서 '이것'이나 '저것' 혹은 '그것'이 아니라 하나의 인격인 '너'로 간주하는 경향이다. 이것을 세계와의 합일合一에 이르는 통로로 여기고 있다. 대상과 더 분명하게 소통하려는 조화와 융화를 원한다. 어떤 사물(대상)이든 그 존재성을 인정해주는 것은 뭇사람과 구별되는 시인들의 심성心性이다. 굳이 그 정체를 강조하지 않아도 각 대상에게 존재의 의미를 적극적으로 부여한다. 세상 모든 '것'이 다 존재의 이유가 있다고 인식하기 때문이다. 그 숨겨진 비밀을 발견해내면 자기 감수성의 통로에서 이미지로 다시 창출해내는 창조자이기도 하다.

의인법에는 동화와 투사가 있다. 동화同化(assimilation)는 타자의 세계를 자신의 속에 끌어들여서 자아화自我化하고, 투사投射(projection)는 자아를 세계화해서 사물 속으로 투여시킨다.

8) 의성법(onomatopoeia)과 의태법(mimesis)

의성법과 의태법은 특히 운율형성에 기여한다. 따르릉, 쨍그랑 등과 같은 의성어擬聲語와 넘실넘실, 엎치락뒤치락 같은 의태어擬態語가 사용된 장면을 연상해보자. 청각과 시각에 어떻게 호소하는지 분명해졌으리라. 의성어는 청각에, 의태어는 시각에 작용한다.

8. 이미지의 개념

이 단원은 시 창작에서 가장 중요한 이미지의 이야기다. 끝까지 집중해주기를 요청한다.

1) 대상의 상태를 드러내는 이미지

"문학이 세상을 예견하면 철학이 이를 확증한다."

인문학적 소양과 식견을 갖춘 사람들은 익히 알고 있는 말이다. 시대상황과 현상을 해석하는 것이 철학(심리학도 일정 부분 관여한다)이라면, 그 상태가 변하여 어떤 세계가 다시 등장할지 가늠하는 기능은 문학에 있다. 예를 들어서 카프카는 이미 20세기 초에 현대인의 극단적 소외상태를 예견했다. 그가 제시하여 사용한 소외상태의 상징(누구도 그 원인의 까닭과 상태를 살펴보려하지 않는)은 벌레로 등장한다. 당시로서는 정말 섬뜩하고 낯선 이미지였다. 현상학적 심리학은 이것을 '의미부여의 대상'이 상실된 것이라고 말한다.

2) 창의적 심상心象으로서의 이미지

시 창작에서 이미지를 강조하는 까닭이 있다. 시인은 사물을 관찰하여 얻은 인식을 진술과 묘사, 은유와 함축, 상징 등으로 드러낸다. 이때 사물(대상)에게서 찾아낸 본질의 의미를 상징적 형상으로 표현할 수 있기 때문이다. 즉 이미지는 창의적 심상을 말한다. 시인이 언어로 만들어낸 창조적 형상이란 뜻이다.

어떤 시적대상을 포착하면 가장 먼저 할 일이 관찰이다. 그 대상의 본질과 존재성의 까닭을 자세히 살피며 사유思惟한다. 그 속한 세계를 통찰하여 그 존재본질의 깨달음을 얻으면 대상에게 투사, 동화하는 것이 어색하지 않게 된다. 그 본질의 속성을 고스란히 헤아릴 수 있게 됐기 때문이다. 이것은 주관적 관점일 수 있다. 그렇더라도 대상의 본질이 지닌 '특질'을 구체적 형상, 즉 이미지로 표출하는 일은 주관을 객관화하는 일과 같다. 공감의 호소가 독자의 감각경험을 자극할 문자 형상으로 나타나기 때문이다. 시는 이렇게 창조되어 탄생한다. 분명히 인식해둘 것은, 대상에게 받은 느낌의 결과를 설명적 문자로 나열한다면 철학적 사유를 적은 글이 될 수는 있다. 그러나 시적질서에 의해 형상화된 언어표현, 즉 시는 아니라는 사실이다.

3) 언어가 시로 창조되는 과정

시적대상에게서 처음 느끼는 감각은 문자로 형상화되지 못한 관념적 인식이다. 아직 시인 혼자만의 감성과 주관적 느낌에 더 강하게 지배받고 있다. 이미지가 이를 구체적으로 형상화해서 보여주도록 만든다. 그때 비로소 독자는 시적대상의 형태(언어의 그림으로 나타난 시적대상의 본질)를 이해하여 공감하게 되는 것이다. 시인의 주관이 이미지로 형상화돼서 등장하면 독자는 그 관념적 인식을 감각대상으로 바꾼다. 감각을 통해서 구체성을 부여받는다. 공감대 형성은 구체성이 바탕이다.

『시 쓰는 이야기, 두 번째』를 읽는 동안 시를 쓰는 마음가짐과, 시가 만들어지는 과정의 개념이 잘 정돈됐으리라 믿는다. 물론 시 창작이론에 꼭 밝아야만 좋은 시를 쓸 수 있는 것은 아니다. 그러나 그 기반基盤이 약하면 자기가 써놓은 시의 품새를 알 수 없다. 다른 좋은 시를 읽을 때도 마찬가지이다. 느낌으로는 알 것 같은데, 그 시가 왜 좋은지는 끝까지 선명하게 알지 못한다. 까닭에 이 부분에 더욱 밝아질 필요가 있다.

시는 음악(리듬)적, 의미(메시지)적, 회화적繪畵的 요소를 다 포함한다. 이런저런 습작시를 읽다보면 시에 의미(메시지)를 넣으려고 애쓴 흔적을 발견하게 된다. 그러나 회화적 요소를 사용하는 일에 어색하거나 서툴다는 느낌을 받는 경우도 많다. 회화적 요소는 이미지의 많은 부분을 차지한다. 이미지를 언어의 그림이라고 하는 까닭이다. "시는 이미지일 수밖에 없다"는 말은 시 창작이론을 가르치는 이들이 늘 하는 말이다. 시 언어가 기표의 특징을 지녔기 때문이다. 새로운 세계를 창조하는 '표현 자체의 존재성'을 지녔다는 뜻이다. 당연히 시어는 그 자리에 있게 된 유일어唯一語의 목적성을 갖는다. 새로운 세계를 보여주는 일에서 오직 그 언어만 할 수 있는 호소의 역할을 한다. 이 역할이 설득력을 가지려면 내용이 구체적 형상(선명한 감각으로 다가오는 모양새)으로 독자의 심정에 부딪혀가야 한다. 그때 비로소 독자는 이 호소를 실제적으로 감각하게 되는 것이다. 다시 말해서 이미지는 대상의 특질을 구체적 형상화, 즉 의미를 육화肉化(incarnation)시킨 언어이다. 이는 개념이나 기호(설명적 언어)가 아니다. 시적의미가 독자의 감각경험에 호소할 수 있는, 뜻의 형상으로 육화(관념을 형상화)된 성질性質을 말한다. 묘사와 진술에도 그 특질이 나타난다. 비유의 보조관념에서는 감각대상으로의 작용이다. 대상을 관찰하다보면 지각知覺이 발생한다. 이 지각작용이, 대상을 감각할 수 있게 그려낸 것이 이미지이다. 이때 대상의 '특질' 묘사에 소홀하면 그 이미지가 선명치 않을 수 있다. 선명치 않음은 막연하다는 뜻이다.

예를 들어보자. 농촌에서 소를 몇 마리 키운다. 소가 지닌 특질은 무엇이 있을까? 그냥 막연히 순하다는 생각만 했다면 그것은 관념에 불과하다. 어떻게 그 순한 특질을 구체적으로 보여줄지 세밀히 관찰해야 한다. 그때 비로소 그 특질묘사나 진술을 이을 수 있다. 비 내리다 그쳐 눅눅한 어느 여름날을 연상해보자. 하루살이나 파리 같이 작고 수도 많은 곤충들이 소 등에 들러붙는다. 일일이 꼬리로 쳐서 떼어내지는 못한다. 눈만 끔뻑거린다. 그 모습의 묘사로도 소가 지닌 순한 특질을 독자에게 감각시킬 수 있다. 그러다가 아주 귀찮아지면 가끔은 음머, 소리를 내고, 꼬리로 자기 등짝을 후려치고, 고개를 주억대는 모습도 그려볼 수 있다. 억세게 코를 푸푸거리며 머리를 흔드는 모습의 묘사로도 소가 지닌 또 다른 특질을 감각할 수 있다.

감각(지각)하게 된 대상의 특질을 선명하게 나타내는 것이 이미지의 구체성이다. 사물을 보는 시인의 관점과 개성(주관)이 드러날 수밖에 없다. 비록 그 표현에 주관성이 강하게 나타났더라도 독자가 수긍하고 동감하면 공감대가 형성된 것이다.

이미지가 언어의 그림이라는 것은 회화성을 지니고 있기 때문이다. 먼저 시각에 호소하여 자기존재성을 알린다. 이때 우리의 감각에는 매우 구체적이고 선명한 인식작용이 일어난다.

'마음의 눈으로 본 세계가 시'라는 말은, 대상을 마음의 창에 비춰본다는 의미와 같다. 상상력과 연결된다. 어떤 대상을 만났을 때, 상상력의 선한 작용은 그 대상의 내면세계와 건너편의 세계, 그리고 남들이 미처 발견하지 못한 특질까지 발견해낸다. 대상의 이면에 감춰졌던 특질을 자신의 창의력이 발휘된 심상心象으로 만들어낸다. 막연하게 감춰져 있던 세계, 숨겨진 모습들을 새롭게 감각할 수 있도록 표상表象으로 구체화한다.

소설(꾸민 이야기를 사실로 믿어달라고 할 수 있는 장치를 지니고 있다)은 '만든 이야기'이고, 수필이 '일상의 이야기'이다.

그러나 시는 '직관'이다. 사물이 지닌 존재성의 통찰(사물의 존재 가치와 존재이유와 존재목적과 그로 말미암았거나, 말미암거나, 말미암을 갖가지 현상의 까닭을 학습이나 사유하지 않고도 그 의미의 뜻을 관통한)을 말한다. 이 직관은 내 눈의 들보를 빼고, 대상에 묻어있는 티끌까지 있는 그대로 보는 것과도 통한다.

대들보는 천정을 받치는 대단히 튼튼한 재목材木기둥이다. 들보의 상징에는 막무가내로 버틴다는 의미를 포함하고 있다. 티끌은 눈감아줄 수도 있는 사소함이나 하찮음의 상징이다.

글쓴이가 직관을 들보와 티끌에 대비對比시킨 것은 대상을 뚜렷이, 뚫어서, 관통해서, 치우치지 않고 보라는 뜻이다. 주관의 막무가내는 어긋남일 수 있다. 상대편에서는 수용하기 힘들다. 객관화되지 않은 주관이 억지라는 것을 우리 정서는 저절로 알아버리기 때문이다. 마찬가지로 시에 '뚜렷이' 제시된 이미지를 독자는 '또렷이' 감각한다. '뚜렷이'라는 말에는 그 대상의 본질을 성찰하는 일에 왜곡이 없다는 의미가 들어 있다. 시 쓴 이가 제시한 이미지를 읽은 이가 '또렷이' 감각했다면 그 이미지의 특질이 명징明澄하게 받아들여졌다는 뜻이다. 한 편의 시를 통한 진정한 의미의 소통이 시작된 것을 말한다. 이미지는 시를 쓴 사람과 읽는 사람에게 소통의 도구로 강하게 작용하는 장치이다.

앞에 제시된 '뚜렷이'와 '또렷이'라는 단어의 구분은 어감의 차이가 있을 뿐, 뜻은 같다. 그러나 제시하고 받아들이는 '입장 차이'가 있을 수 있음을 말해두고 싶어서 저렇게 표현해봤다.

끝으로 한 가지를 덧붙이자면, 시인이 제시한 이미지에 독자의 감각과 관점은 다를 수 있다. 그 심상心象이 반드시 일치하는 것도 아니다. 다만 공감(그렇구나, 그럴 수밖에 없었나보구나)으로 함께 나아갈 뿐이다. 이미지의 역할은 그런 것이다. 이것을 인정하고 이해할 수 있으면 그대의 시 창작에서 이미지를 창조하는 일이 조금 더 수월해질 수 있을 것이다.

9. 퇴고推敲의 한 방법

모든 저술著述의 마무리가 퇴고인 것처럼, 이 책의 마지막 단원도 퇴고의 이야기이다.

시 창작에서 퇴고의 목적은 하나뿐이다. 창작된 시를 더 가치 있게 만드는 일, 즉 문학작품으로서의 완성도 추구이다.

그 방법은 보통 why, when, what, how를 따져서 진행한다. 그렇더라도 퇴고에는 각자의 시 창작 학습과 경험에서 얻은 인식의 습관이 있을 뿐, 이것만이 가장 옳은 방법이라고 정형화된 것은 없다. 때문에 자칫 자기의 퇴고습관이 최고이며 최선이라는 착오와 착각이 있을 수 있고, 퇴고의 필요성을 느끼지 않거나, 퇴고가 무엇인지 잘 모를 수도 있는 것이다.

퇴고는 작품의 완성도와 가치를 확인하는 절차이다. 구슬이 서 말이라도 꿰어야 보배라는 말처럼, 모든 문학작품의 퇴고는 구슬을 끈에 꿰는 작업, 즉 보배를 완성시키는 작업이라고 말할 수 있다. 퇴고의 이유(why)이다.

그렇다면 퇴고는 언제(when)하는 것이 좋은가? 시인마다 차이는 있겠지만 그 시 작품의 잔영이 지워졌을 즈음, 상념이 사라졌을 때 시작하는 것이 좋다. 보통 일주일 이상의 시간이 지나면 그 상념에 지배받지 않을 수 있다. '일주일 이상'이라는 시간적용을 염두에 두기 바란다. 일주일 이내의 수정작업에는 '덧붙임'이 일어나기 쉽기 때문이다. 이것은 아마 사실일 것이다. 그런 까닭에 시 작품의 수정과 퇴고는 객관화된 관점이 확보된 서너 달쯤 후에 해도 괜찮다. 간혹 이때의 수정작업으로 원래의 시와 다른 작품이 완성될 수도 있다. 이때 작용하는 정서를 워즈워드의 말을 빌리면, 내면에서 다시 숙성된 제2의 정서라고 한다.

1) 학습 A

한 편의 시를 쓰기 위해서는 시적재료가 필요하다. 그 재료로 시의 골격을 세우는 것이 구성(composition)이다. 이 부분은 아래의 학습 B에서 다시 거론하기로 한다.

그 전에 먼저 질문을 해봐야겠다. 앞에서 말한 부분이지만, 퇴고의 목적이 무엇일까? 작품의 완성도를 높이기 위함이라고? 그렇다. 대부분 같은 대답을 한다. 그렇다면 다시 묻겠다. 시 작품의 완성도란 무엇을 말하는 것일까?

① 시 언어가 그럴듯하게 장식된 것?
② 시 언어의 깔끔한 배치?
③ 시적 메시지의 분명한 전달?
④ 함축, 상징, 생략, 은유의 적절한 사용?

위 ①②③④의 내용이 정확하고 충족된 답변일까? 아니면, 적확한 다른 답변이 또 있을까?

어떤 이가 자기 시 작품의 완성도를 ①에서 찾는다고 하자. 아마 그 시에는 관념이 가득할 것이다. 관념도 그럴듯할 때가 있기는 하지만, 실상은 몸의 기억과 경험이 없는 마음의 상념에 불과하다. 기타 ②③④를 통한 완성도를 추구한다면, 이것도 각자가 지닌 시 가치관일 것이다. 이 부분도 더 이상은 언급하지 않겠다. 다만 이 사실은 말해두어야겠다. 시는 설명이나 장식언어의 배치가 아니다. 오직 직관언어의 바탕에만 서 있다. 이를 잊지 않으며, 시적 완성도가 무엇인지 더욱 숙고할 수 있기 바란다.

2) 학습 B

우리가 명확하게 인식하지 않는 부분인데, 문예창작을 가르치는 이들의 반론이 있을 수도 있지만, 시가 도입 전개 전환 정돈의 형태를 취하면 대체로 안정감과 통일성을 갖게 된다. 이 형태를 따라서 시 창작에 적용되는 퇴고의 본질(what, how)을 살펴보기로 한다.

"이 시는 무엇을 말하는 걸까?"

저 질문은, 시가 독자의 정서에 어떤 작용을 일으키며 어떻게 호소하고 있는지 묻는 말이다.

한 편의 시에는 시인(화자)이 말하고 싶은 주제가 있다. 주제가 명확하지 않으면 그 시가 무엇을 말하고 있는지 어리둥절할 수밖에 없다. 또 주제의 line이 연결돼 있지 않으면 뜬금없는 시가 된다. 주제가 시의 골격을 형성한다. 화자가 말하고자 하는 것의 전제조건이다. 이 주제를 등장시키기 위한 장치가 도입이다. 주제의 속성 표시는 전개이다. 주제 확인은 도입과 전개만으로도 가능하다. 다만 끝까지 이런 진행이 이어지면 운문이 아닌 산문형태가 될 위험성이 커진다. 군더더기가 붙고 지루할 수 있다. 때문에 초점을 바꿀 필요가 생긴다. 전환이다. 전환은 갈등구조를 만들 수 있다. 전개에서 전환으로 넘어가는 과정에서 긴장감이 발생한다. 주제표현에 처음과는 다른 초점과, 엇나간 관점이 제시됐거나 될 수 있기 때문이다. 우리가 알고 있는 '낯설게 하기'도 이런 전환의 시점에 등장하는 것을 볼 수 있다. 그다음은 정돈이다. 꼭 알아두어야 할 것은, 시는 결론을 제시하지 않는 성격을 지녔다는 분명한 사실이다. 결론을 제시하지 않고 정돈으로 시를 마무리하면 독자 몫의 공감대와 상상력이 더 풍성해질 수 있다. 만약 시의 마무리가 결론으로 매듭지어지면 선동이거나, 아포리즘이거나, ~ism 제시의 범주를 벗어나기 어렵다. 독자의 몫을 빼앗아버리겠다는 오만함일 수도 있다. 시학적詩學的으로 따져 봐도 그것은 시가 아니다.

위 단락에 설명한 것처럼 시가 도입 전개 전환 정돈으로 진행되면 대체로 균형감을 갖게 된다. 그렇다고 퇴고의 필요성까지 걷어낸 것은 아니다.

도입에서 암시 상징 함축으로 주제가 제시됐다면 막연할 수밖에 없다. 막연함은 감각이 아직 어정쩡할 수 있다는 뜻이다. 화자도 이 사실은 알고 있어서 이를 받쳐주기 위한 부연설명을 붙일 수 있다. 만약 그 골격(주제)을 감싸는 부연설명이 근육이 아닌 군살이라면 고급독자로서는 읽기가 거북해질 것이다. 그러면서 전개로 잇는다면 호흡도 버거워진다. 호흡을 잇기 위한 쓸모없는 조사가 단어에 들러붙을 수도 있다. 그런 상태의 전환은 구조적으로 굼뜰 수밖에 없다. 의표를 찌르는 표현 같은 근육질의 박력발휘는 가능하지 않을 것이다. 그렇게 이어진 정돈이라면 둥글둥글 살찐 모습만 내보여줄 뿐, 힘껏 내달리거나 날아오르는 모습은 나타낼 수 없다. 이미 무게중심이 군더더기에 옮겨졌기 때문이다. 덧붙임이 많아져서 초점이 흐려졌다는 뜻이다.

퇴고의 방법에서 what은 설거지와 마찬가지이다. 시를 다 써놓은 다음, 그 시의 그릇에 들러붙은 것들을 씻어주는 일이다. 우선 한 행에서 있어도 그만, 없어도 괜찮을 언어는 닦아내라. 수식어, 장식어, 안 붙여도 될 조사 같은 것을 떼어내라. 그 시의 그릇에 반질반질 윤이 날 것이다. 한 연에서도 마찬가지이다. 있어도 그만(뜻이 증폭되지도 않고), 없어도 그만(뜻이 감소되지도 않는)인 행은 털어내라. 한결 그릇이 가벼워질 것이다. 이는 군살빼기와 같다. 그 시의 신진 대사가 더욱 활발해진다. 시가 발산하는 에너지의 파장이 더 크게 멀리 퍼져나간다.

이렇게 이어진 how에서는 대단히 조심해야 한다. 퇴고가 what까지 진행됐다면 그 시의 골격(주제)만 남겨놓고 쓸모없는 살덩이를 다 발라내는 일이 남았기 때문이다. 새로운 형상을 만들어내는 일을 말한다. 살 발라내기 방법은 처음 그 골격에 살(언어표현)을 덧씌울 때 어떤 정서가 작동했는지 살펴보는 일이다. 늘씬하고 후리후리한 체형을 원했다면 불필요한 덧붙임에 미련을 가질 이유가 없다. 그런데 우리가 여태 알고 있던 퇴고의 방법에는 역설적일 수 있지만, 주제가 만약 우람하고 당당한 체형을 원한다면, 골격(주제)의 형태가 그렇다면, 어깨와 팔뚝과 가슴과 허벅지 근육을 오히려 더 보강해야 할 필요가 있다. 이처럼 퇴고에는 불필요한 덧붙임의 제거가 원칙이지만, 더 강화할 필요가 있는 부분도 놓치지 않고 채운다는 뜻을 포함하고 있다.

충실한 퇴고로 매듭지어진 시는 늘씬하게 아름답고 멋스럽게 당당하다.

맺는말

"시가 역사보다 더 철학적이며 중요하다. 시는 보편普遍을 말하는데, 역사는 개별個別을 말하기 때문이다."

아리스토텔레스의 말이다. 다음과 같은 평범한 질문으로 사람을 고민에 빠뜨리기도 했다.

"우리는 과연 어떻게(무엇을 하며, 무슨 까닭으로) 살아야만 하는가?"

시보다 역사를 더 중요하게 생각할 수 있다. 누구라도 그러하듯이, 사람이 남긴 삶의 발자국에는 어떤 형태로든 흔적이 남기 때문이다. 그 흔적이 다른 이들의 기억 속에서 잊히지 않고 의미부여가 됐을 때 역사가 된다. 그러나 책의 들어가는 말에서 시 정신을 언급하는 어느 부분에 썼지만, 이런 사실도 곧 잊히는 것이 보통이다. 생각해보면 당연한데, 어떤 이에게는 이것이 당연하지 않을 수 있다. 잊히는 것을 아무렇지 않게 여길 수 있음은 존재의 유한함을 인정한다는 뜻이다. 혹시 누군가 그 자체를 인정할 수 없다면 어리석은 집착일 것이다.

시는 꼭 하고 싶었던 일과, 꼭 해야 할 일과, 그리하여 지금 할 수밖에 없는 일을 말하는 것이다. 과거와 미래와 그리고 오늘의 실존을 확인하는 일이다. 하여, 지금 다음의 말을 해두고 싶다.

호흡이 멈추는 날까지 시를 쓸 수 있고, 그 시 쓰는 태도가 예배 같으며, 이 삶 또한 시 같을 수 있기를.

이 삶이 이렇게 할 수만 있다면, 비록 육체의 조건에 시달린 경우가 많았을지라도 삶의 시간이 정말 아름답고 고마운 것이었다고 말할 수 있으리라. 또 이 정신을 보편화해서 쉽게 공감시켜 나눌 수 있다면, 우리가 속해 있는 이 세상의 세계에서는 더 많은 맑은 향기가 풍겨 나올 것이다.

근래에는 여러 형태의 시를 만날 수 있다. 이미지 형상화의 여러 실험과 형태의 해체를 내세운 시들도 흔해졌다. 지식이 넘쳐나고 수많은 정보가 날아다니며 갖가지 실험이 아무렇지 않게 행해지는 세상이다. 그 낯선 현상이 새삼스럽게 여겨질 수도 있을 것이다. 그러나 시는 그 본질에서 서정시抒情詩를 벗어날 수 없음은 불변의 사실이다.

깊은 서정은 깊은 체험의 인식과 일치한다. 기쁨보다 슬픔의 형태로 먼저 나타난다. 사람은, 그 옛날 바벨탑을 쌓던 이들을 여전히 흉내 낼 수밖에 없는 슬픈 존재이기 때문일까? 어떤 시들이 때로 난폭

한 모습을 나타내는 것도 사실은 그 슬픈 존재증명의 몸부림을 극복하기 위한 방편이다. 그렇게라도 슬픔의 강을 건너보아야 큰 기쁨을 당황하지 않고 받아들일 수 있음을, 이미 우리의 인식경험은 알고 있기 때문일 것이다.

그렇다면 시 쓰는 일의 참 서정과 참 기쁨은 무엇일까? 마음이 조용한 경지에 들어섰고, 고통스럽던 슬픔의 정서가 담담함으로 승화된 것을 말하는 것일까? 자신을 객관화시킨 관조의 평안함 속에 머무는 것일까? 또 각자의 입장과 관점에서 어떤 것을 사실이며 증명된 진실로 받아들여야 하는 것일까?

이 책의 모든 이야기는 시가 서정이라는 것을 알리기 위함이었다. 그러나 스스로 아직 깊은 서정에 닿지 못했음을 자각한다. 이를 무릅쓰고 굳이 하나의 대답을 내놓는다면 다음과 같이 말할 수 있을 뿐이다.

큰 기쁨은 먼저 마음에 받아들이고 그 받아들여 믿게 된 사실을 입으로 시인是認하는 것이라고. 시인한다는 것은 그것이 증명된 진실이라고 선언하는 결단의 용기를 말한다. 받아들임에는 감탄이 함께 한다는 이야기도 들려주고 싶은데, 책 말미에 이런저런 말을 또 덧붙임은 군더더기일 것이다. 하여, 글쓴이의 표의문자조립 한 자락을 붙여서 큰 꼬리(大尾)를 긋는다.

詩樂(시락)

我生行願接多文(아생행원접다문)
詩而以樂又書讀(시이이락우서독)
當此吾劃惟未了(당차오획유미료)
更期明日詩路程(경기명일시로정)

시의 즐거움

살며 더 많은 글 만나기를 바라는 것은
시 쓰고 책 읽는 일의 즐거움이 같기 때문이라
그대와 나, 아직 그 일의 끝에 닿지 못했으니
내일이 밝으면 다시 시의 길을 걸어야 하리.

참고문헌

강남주, 『시란 무엇인가』(태학사, 1999)
강우식·박재천, 『시를 어떻게 쓸 것인가』(문학아카데미, 1994)
고명수, 『시란 무엇인가』(학문사, 1999)
김준오, 『시론』(문장사, 1982)
　　　　『논어』(홍익출판사, 개정판 2005)
김춘수, 『意味와 無意味』(문학과 지성사, 1976)
단테(Alighieri Dante), 『신곡』(서해문집, 2005)
　　　　『두산백과사전』(두산동아, 1996)
라인하르트 코젤렉(Reinhart Koselleck), 『지나간 미래』(문학동네, 1998)
로만 야콥슨, 『문학 속의 언어학』(문학과 지성사, 1997)
로만 야콥슨(Roman Jakobson), 『언어의 토대』(문학과 지성사, 2009)
마틴 셀리그만(Martin Seligman), 『플로리시』(물푸레, 2011)
　　　　『맹자』(홍익출판사, 개정판 2005)
문덕수, 『오늘의 시작법』(시문학사, 1992)
박병철, 『쉽게 읽는 언어철학』(서광사, 2009)
박성순, 『音흡의 라비린트Labyrinth』(실천문학사, 1996)
박성희, 『공감, 공감적 이해』(원미사, 1996)
박제천, 『시를 어떻게 고칠 것인가』(문학아카데미, 1997)
박제천, 『시를 어떻게 완성할 것인가』(문학아카데미, 1999)
베스 무어(Beth Moore), 『시인과 전사』(두란노, 2002)
　　　　『四書集註』(법보원, 2011)
서정주, 『시창작법』(예지각, 1990)
A·하우저(Arnold hauser), 『문학과 예술의 사회사, 近世篇 上』(창작과 비평사,
　　　　1996)
아리스토텔레스(Aristoteles), 『시학』(문예출판사, 1993)
아리스토텔레스, 『범주들·명제에 관하여』(EJB, 개정판 2008)

아이버 리처드(Ivor Richards), 『수사학의 철학』(고려대학교 출판부, 2001)

에른스트 카시러(Ernst Cassirer), 『문화과학의 논리』(길, 2007)

이상섭, 『문학비평용어사전』(민음사, 증보개정판 2009)

이수정, 『하이데거 그의 생애와 사상』(서울대학교 출판부, 1999)

이어령, 『언어로 세운 집』(아르테, 2015)

이형기, 『현대시창작교실』(문학사상사, 1991)

오규원, 『현대시작법』(문학과 지성사, 1993)

오르테가 이 가제트(Jose Ortega Y Gasset), 『예술의 비인간화』(고려대학교 출판부, 2004)

움베르토 에코(Umberto Eco), 『장미의 이름』(열린책들, 2009)

장도준, 『한국 현대시의 화자와 시적 근대성』(태학사, 2004)

조태일, 『알기 쉬운 시 창작 강의』(나남, 1999)

존 듀이(John Dewey), 『경험으로서의 예술』(책세상, 2003)

G. 루카치 外, 『리얼리즘美學의 기초이론』(한길사, 1985)

최명관, 『現代論理學』(법문사, 1988)

츠베탕 토도로프(Tzvetan Todorov), 『러시아형식주의—문학의 이론』(이화여자대학교 출판부, 1988)

칸트(Immanuel Kant), 『판단력비판』(박영사, 2003)

콜린 윌슨(Colin Wilson), 『문학과 상상력』(범우사, 재판 1999)

키케로(Marcus Tullius Cicero), 『수사학』(길, 2006)

플라톤(Platon), 『파이돈』(EJB, 2013)

하버마스(Jurgen Habermas), 『인식과 관심』(고려원, 1983)

하비 콕스(Harvey Cox), 『세속도시』(문예출판사, 복판 2010)

하이데거(Martin Heidegger), 『존재와 시간』(까치, 1998)

하이데거, 『언어로의 도상』(나남, 2012)

흄(David Hume), 『인간의 이해력에 관한 탐구』(지식을 만드는 지식, 2012)

내용부기内容附記

1) 신약성경 마태복음 5:8.

2) 중용 '君子愼其獨也'.

3) 왕양명(1472-1528). 명나라 때의 학자, 시인.

4) 이규보(1168-1241). 고려시대의 학자, 시인, 문장가.

5) 한신대 교수 전철(1971~)의 말.

6) 셸리(Percy Bysshe Shelly, 1792-1822). 영국의 낭만주의 시인. 작품 중에
   는「사랑의 철학」이라는 유명한 시가 있다.

7) 바이런(G. Byron, 1788-1829). 영국의 낭만주의 시인.

8) 김춘수(1922-2004). 대표작「꽃」의 시인으로 알려져 있다. 더 깊게는 존재
   의 본질을 이미지로 형상화시킨 '인식의 시인'이라고 말할 수 있다.

9) 하이데거(Martin Heidegger, 1889-1976). 독일 철학자.

10) 움베르토 에코(Umberto Eco, 1932-2016). 이탈리아 기호학자, 철학자,
    소설가.

11) 토마스 아퀴나스(Thomas Aquinas, 1224-1274), 가톨릭 신학자이며 중세
    사상의 완성자라고 할 수 있다. 창조의 가르침에 따르는 존재의 형이상학
    을 바탕으로 해서 철저한 경험적 방법과 신학적 사변思辨을 양립시켰다.

12) 프란시스 베이컨(Francis Bacon, 1561-1626). 영국 철학자이며 근대 경험주의 철학의 선구자라고 할 수 있다.

13) 제2차 세계대전 때까지 오브제(objet)는 물체, 사물 등을 조소의 한 재료이거나 관찰대상으로 여겼는데 전쟁 후, 산업사회의 폐물들을 사용한 정크 아트(junk art)가 오브제의 새로운 전개가 됐다. 초현실주의(다다이즘dadaism을 포함해서: 다다는 '무의미의 의미'를 말한다)에서는 독특한 표현 개념을 부여하는 예술의 구체적인 한 방법으로 삼았다. 일상적인 용도로 사용되던 물건의 연결성을 단절시키고, 그 기능의 역할과 의미를 재구성함으로써 보는 사람에게 잠재된 욕망이나 환상을 불러일으키게 하는 상징적 기능의 물체로 재창조한 것을 말한다. 이 방법은 언어의 무의식적인 합성에 의해 새로운 시적 언어가 형성되는 과정과도 일치된다.

14) 리처드(Ivor Armstrong Richard, 1983-1979). 언어학자.

15) 홍만종(1623-1725). 조선 후기의 문신, 학자, 시평가詩評家.

16) 『孟子』 이루편離婁編 상上의 역지즉개연易地則皆然이라는 말에서 비롯됐다. 본래의 뜻은 빈부귀천의 상태 변화나 신분의 처지가 고하高下로 바뀌어도 처신의 태도가 같아야 한다는 것이다. 현재는 아전인수我田引水와 대립된 의미로도 사용되고 있다. 『맹자』의 이루篇은 "禮로 사람을 대해도 반응하지 않으면 내 공경하는 태도가 어떠했는지 살피고, 좋아하는 사람과 친해질 수 없으면 내 어짊이 어떠했는지 돌아보고, 다스려야 하는데 다스려지지 않는 사람이 있으면 내 지혜를 살펴보라(禮人不答反基敬 愛人不親反基仁 治人不治反基智)."고 말한다. 섬김의 태도와 지혜를 다시 성찰해 보라는 요구이다. 어떤 원인의 좋지 않은 결과를 남 탓하는 자기중심이

아니라 상대의 시각에서도 헤아려 보라는 의미로서, 이런 마음가짐이 좋은 관계성에 닿는 길이라는 뜻이다.

17) 백거이(772-842). 당나라 때의 시인, 학자.

18) 플로베르(Gustave Flaubert, 1821-1880). 프랑스의 대문호이며 일물일어설─物─語說의 주창자이다. 학계에는 사실주의자로 알려져 있다. "근본적인 형태에서 분리된 한 문장이란 의미가 없는 두 단어일 뿐이다. 아름다운 형식이 없이 아름다운 생각은 있을 수 없다. 아름다움은 형태로부터 번져 나오기 때문이다. 한 물체를 형성하는 질(색깔, 면적, 견고성)을 제거할 수 없는 것과 같다. 생각은 형태에 의해서만 존재하기 때문이다(The idea exists only by virtue of its form). 형태가 없는 생각을 상상해보라. 가능한가? 생각을 표현하지 않는 형태도 불가능하긴 마찬가지다." 이 중에서 괄호 안에 영어문장으로 표기한 부분이 일물일어설의 근거로 작용한다.

19) 조태일(1941-1999). 시인. 1970년대의 연작시 「식칼론」은 참여시의 한 성과로 크게 주목되었다. 삶의 순결성을 짓밟는 제도적인 폭력에 맞서는 역사의식을 드러낸 시를 주로 썼다.

20) 조태일, 『알기 쉬운 시 창작 강의』(나남, 1999).

21) 스펜더 경卿(Sir Stephen Herold Spender, 1909-1995). 영국의 시인, 비평가.

22) 존 듀이(John Dewey, 1859-1952). 미국의 유아교육철학자.

23) 츠베탕 토도로프(Tzvetan Todorov, 1939~)의 『러시아형식주의─문학의 이론』에 따르면, 형식주의는 1915년에 발생해서 1920년대에 번성했으나 1930년대 소비에트 정부에 의해 강제 해산된 문학운동이다. 당시의 전위예술이었던 미래주의 시 운동과 함께 전통적인 문학 이론이 중요시했던 '영감' '상상력' 등의 개념을 空論으로 취급했다. 독특한 문학성이란 작가나 독자의 정신 속에 있는 것이 아니라 작품 자체 속에 있다는 관점에서 출발한다는 것이다. 문학 작품의 구성요소들을 강조하고, 문학연구에 자율성을 부여한다는 것으로 요약된다. 미학과 철학, 사회학 등의 문

제에 무관심했던 것은 아름다움과 예술의 의미 과제가 그들에게는 낡은 문제였기 때문이다. 반면에 예술적 형식과 그 진화과정을 중요시했다. 슈클르브스(Viktor Borisovich Shklovsky, 1893-1984)는 「기법으로서의 예술」이라는 글에서, 시를 특징짓고 그 역사를 결정짓는 것은 이미지가 아니라 '문학적 재료를 정리하고 처리하는 방법'이라고 했다. 문학의 형식문제에 중요성을 부여한 것이다. 한 예로 "예술이 이미지들에 의한 사고라는 명제는 시적언어와 산문언어를 구별하지 못한 데서 유래"한다고 말했다. 일상 언어는 간단해지려는 경향을 가지고 있고 그 언어행위가 습관화되고 자동화되려는 반면 시적 언어는 단순해지기를 거부하며 그 언어행위가 습관적으로 이루어지는 것을 배격한다는 뜻이다. 여기에서 러시아 형식주의자들의 낯설게 하기 이론이 발생했다. 정보전달의 산문에서는 은유가 대상을 독자에게 가깝게 데려다주거나 혹은 적절하게 납득시킨다면, 시에서의 은유는 의도한 미학적 효과를 강화하는 수단으로 사용하고자 했던 것이다. 시적 이미지는 낯선 것을 낯익은 용어로 번역한다기보다는, 습관적인 것을 새로운 견지에서 표현하거나 또는 그것을 예기치 않은 문맥 속에 넣음으로써 대상을 오히려 더 낯설게 만든다는 이론인데, 이미지의 시적 사용에서 시적 예술의 기능으로 그 강조점을 바꾸어 놓는다. 대상을 새로운 인식 영역으로 이동시켜서 일상과 습관이 만들어 놓은 냉혹한 유혹에 맞서게 하는 것이다. 따라서 시인은 상투적 표현과 거기에 따르는 기계적 반응을 결정적으로 거부함으로써 대상들에 대한 새로운 감각을 회복시키는 인식주체자로 존재한다. 슈클로브스키는 '예술의 목적은 대상에 대한 감각을 인식으로서가 아니라 시각으로서 부여하는 것'이라고 말했다. 때문에 그에게 있어서 예술의 기법이란, '대상들의 낯설게 하기 기법이고 의식의 자동화를 방지하는 기법이며 지각의 지속가능성을 증가시키는 기법'이다. 그들이 규명하고자 한 이론적 주제들은 일상 언어와 시적 언어의 관계, 시구詩句의 음성학적 구성, 시행詩行의 구성 원리로서 억양의 문제, 시와 산문의 운율과 리듬, 문학연구의 방법, 이야기의 형태학, 서사 형태의 구조 등이었다. 문학 작품 속에 내포되어 있는 '사실들의 과학적 연구'를 통해서 문학과학을 정립시키고자 했다. '문학과학의 대상'은 총체로서의 문학이 아니라 문학성(litterarite)이었다. 문학성이란 어떤 작품을 '문학 작품'이게끔 만드는 것을 말한다. 따라서 진정한 문학연구가라면 문학적 재료들의 독특한 특징들의 연구에 전념해야 한다는 것이다. 이들의 문학구성 원리의 이론은 1950년대 이후 구조주의 문학연구의 중요한 이론적 출발점이 됐고 문학 기호학의 근거를 제공했다.

24) 감상주의感傷主義(sentimentalism)는 18세기 후반 서구 교양사회의 고전주의와 계몽사상의 반작용으로 나타났다. 영국의 S. 리처드슨을 그 선구자라고 할 수 있으며 루소의 영향도 무시할 수 없다. L. 스턴의 『센티멘털 자니』(1768)는 센티멘털이란 어휘를 여러 나라에 유행시켰다. 괴테의 『젊은 베르테르의 슬픔』(1774)도 그런 시대의 산물이 낳은 작품이다. 당시에는 나름대로 역사적 의미가 있는 사조였으나 이러한 심적 태도가 주관적 감정의 자기만족에 빠져서 묘사의 정확성과 객관성을 잃어버리기도 했다. 오늘날에는 값싼 감정에 빠져서 이성을 상실한 태도를 나타내는 일반개념을 말한다.

25) Cross-over는 여러 장르를 교차시켜 각각의 특징을 함께 보여준다는 의미로 사용된다. 특히 클래식 음악에 재즈와 록, 팝 등 여러 가지 스타일을 혼합한 연주 형식을 말하고 있다.

26) 『Enten-Eller(이것이냐 저것이냐)』(University bookshop Reitzel, 코펜하겐). 이 책은 1843에 두 권으로 출간됐는데, 덴마크 철학자 쇠렌 키르케고르는 여기에서 '심미적이고 윤리적인 실존의 단계'를 탐구한다. 삶의 두 가지 견해를 '이것이냐 저것이냐'로 묘사하고 있다. '의식'하는 쾌락주의와 윤리적인 의무와 책임이다. 가상의 익명 저자가 삶의 견해를 토론하는 데 초점을 맞추고 있다. 심미적 인생관이 시적 비유와 암시를 담은 짧은 에세이에서 음악, 매혹, 희곡, 아름다움과 같은 심미적 주제를 다룬다. 윤리적 인생관은 좀 더 논쟁적이고 절제된 산문인 두 개의 긴 편지로 기록되었다. 도덕적 책임, 비판적 성찰, 결혼과 같은 주제이다. 다만 책에 나타난 견해가 체계적으로 요약된 논리가 아니며 익명의 저자가 살아가면서 체험한 것을 구체적으로 표현하는 방식을 취하고 있다. 가장 관심을 갖고 등장시키는 질문은 아리스토텔레스가 물었던 "우리는 (과연) 어떻게 살아야만 하는가?"이다.

27) 로고스(Logos, λογος)는 철학, 신학용어이다. 그리스 철학에서는 이 용어

가 언어를 매체로 표현되는 이성理性, 혹은 이성의 자유라고 말하고 있다. 인간이 지니고 있는 자유로운 소통의 능력을 발휘하도록 만드는 것이 본질이다. 신분의 귀천, 지위의 높고 낮음, 재산의 많고 적음, 권력행사범위의 넓고 좁음 따위 등은 이 자유로운 소통에 아무런 조건이 되지 않음을 말한다.

28) 언어학자인 로만 야콥슨(Roman Jakobson, 1896-1982)은 『시란 무엇인가』라는 텍스트에서 시는 무엇인지, 시가 아닌 것은 무엇인지 구분하려는 시도를 하면서도 시적 제재와 시적 장치, 시의 진실성 여부 등이 시와 시 아닌 것을 가르는 기준으로 제시될 수는 없다고 보았다. 다만 시가 될 수 있는 기준이 시성詩性이라고 말하고 있다. 시성은 언어가 지시적 기능을 수행하는 데 머물러 있지 않고 언어자체의 무게와 가치를 획득하는 경우일 때 획득할 수 있는 것이다. 언어가 지시적 역할과 다른 의미로 쓰여야 한다는 뜻이다. 오로지 대상을 지목하는 데만 기능이 고정돼 있다면 언어가 현실을 인식하는 행위 또한 멈출 수밖에 없기 때문이다. 지시적 기능을 벗어나 내적 모순까지 떠안았을 때 언어는 비로소 기호와 개념의 유동성에 의해 현실을 인식하려는 사유를 가동시킬 수 있다.

29) 언어 이전에 받은 느낌과 생각과 경험의 기억과 그렇게 해서 갖게 되는 존재감 역시도 언어로 행위 되지 않는다면 그냥 그대로일 뿐, 어떤 대상에게도 인식되지 않고 의미를 주지도 않는다.

30) 오규원(1941-2007). 시인.

31) 오규원, 『현대시작법』 문학과지성사, 1991.

32) 인식주관認識主觀(erkenntnissujekt)은 대상을 향한 인식작용의 주체가 된다. 합리론의 폭넓은 입장에서는 이성과 오성 전부를 포함시키는데 감각과 지각도 사실은 주관의 작용이지만, 이성과 오성보다는 수동적일 수밖에 없기 때문에 주관에 속하지 않는다는 주장도 드물지 않다. 리케르트(Heinrich Rickert, 1863-1936)는 주관의 객관화가 일어날 수 있는 모든 것(시간, 공간적 현실과 물리적, 심리적 주관)을 배제할 때 얻어지는 초개인적, 비인격적 형식을 엄밀한 의미의 주관으로서 인식론적 주

관이라고 불렀다. 맞은편에 서 있는 객관이란 주관의 반대개념이다. 객관(objectum)이라는 용어가 중세 스콜라철학에서는 '건너편으로 던져진 것'이라는 뜻으로 사용됐다. 의식이 지향하는 대상 즉 의식내용이나 표상表象 등을 의미한다. 데카르트나 스피노자 등, J. 로크 이전의 근세철학에서도 이러한 스콜라적인 전통적 용어법이 사용되었다. 아리스토텔레스 이후 근세 초기에 이르기까지도 주관(subjectum)이라는 라틴어는 '아래에 있는 것', '바닥뿌리에 있는 것', 기체基體라는 뜻으로서 현재 사용하는 용어인 객관을 의미했다. 이를 의식과 연관시키면 지각과 경험의 바탕에 있는 기체 실체로서의 객관이라는 뜻이다. 주관과 객관이 대립 개념으로 명확해진 것은 칸트에 의해서이다. 객관이 주관에 의거하고 객관은 그 개념에 있어서 직관의 다양성이 통일된 것이라고 규정하였다. 신칸트학파의 H. 리케르트에 따르면 객관은 인식주관이 대상의 당위나 가치를 승인함으로써 성립하는 의식내용을 뜻한다. 이처럼 주관의 객관화란 독자적인 경험을 보편타당성 있는 지식으로 만드는 일을 말한다. 문학작품에서는 사건이나 사물을 '있는 그대로' 주관을 배제한 상태로 묘사하는 것을 객관화된 묘사라고 한다. 이런 기법은 주로 자연주의나 사실주의 방법의 일종이지만 그러나 완전한 객관화 묘사는 불가능하다. 대상을 선정하고 바라보는 각도와 초점을 정하는 데 있어서는 어쩔 수 없이 묘사자의 주관은 개입될 수밖에 없기 때문이다. 까닭에 문학작품 중에서도 특히 시에서의 자연 등의 소재는 객관적인 소재 그대로를 의미하기보다는 작가 나름의 상징적 의미를 내포하기 마련이다. 소재를 향한 객관적 묘사에도 시인의 주관적 인식 주제가 포함된다는 이야기다.

33) 막스 자콥(Max Jacob, 1876-1944). 프랑스 시인.

34) 조지훈(1920-1968). 청록파 시인.

35) 한정된 음운이나 어휘로도 문장을 만들어서 사용할 수 있으며, 처음 듣는 문장도 이해할 수 있는 것은, 인간이 언어를 얼마나 창조적으로 사용할 줄 아는지 잘 보여주는 사실이라고 할 수 있다. 언어에는 사회성과 역사성과 법칙성과 창조성이 포함되는 것이 보통이다.

36) 아포리즘(aphorism)은 체험적 진리를 간결하고 압축된 형식에 담은 금언

金言, 격언格言, 경구警句(catch phrase), 잠언箴言 등을 가리킨다. 속담이나 처세훈處世訓과 닮았으나 같지는 않다. 속담과 처세훈은 널리 사용되면서도 작자가 분명치 않으나 아포리즘은 특정인의 독자적 창작이다. 교훈적 가치보다는 순수한 이론적 가치를 중요시한다.

37) 돈강법頓降法(bathos)은 깊이를 뜻하는 헬라어 βάθος에서 유래하였다. 영어에서의 이 표현은 '특히 나쁜 시의 유형'을 가리키는 데 사용된다. 더 세밀하게 말하자면 고귀함과 저급함의 어울리지 않는 결합의 의도되지 않은 유머이다. 슬픔의 감정을 유발하는 파토스(pathos)와 대칭점에 있다.

38) 함축은 어떤 표현에서 그 의미를 하나만 나타내는 게 아니라 그 안에 여러 가지 뜻을 포함시키는 것을 말한다.

39) 내포는 한 가지 개념에 포함되는 특징을 여러 사물들이 공통적으로 지니고 있는 것을 말한다.

40) 역설(paradox)은 논리적 모순을 일으키는 논증이지만 그 속에 중요한 의미를 함축한다. 반어법反語法과 비교할 수 있다. 나 보기가 역겨워 가실 때에는/ 죽어도 아니 눈물 흘리오리다/라고 하는 김소월의 시를 예로 들어, 눈물 흘릴 상황 앞에서도 반대로 말하는 것이다. '반어'의 특성이다. 그러나 역설은 문장의 형태가 다르다. 익숙한 문장이기도 한 '찬란한 슬픔'이나 '소리 없는 아우성'을 보자. 슬픔이 어찌 찬란할 수 있겠는가? 아우성이 어찌 소리가 없을 수 있겠는가? 그럼에도 불구하고 헤아려보면, 함께 공감할 수 있는 호소와 진리를 담고 있는 것이 역설의 모습이다.

41) 김준오(1937-1999). 전 부산대 교수.

42) 흄(David Hume, 1711-1776). 영국의 시인이며 철학자.

43) 신약성경 마13:24-42, 16:6, 11-12과 고전5:6, 8을 읽어보는 것도 비유적으로 도움이 될 것이다.

44) 대상의 표피적 실제 감각은 촉각에 의지할 수밖에 없다. 부분적이라는 한계를 지니고 있다는 뜻이다.

45) 인식(적 관심의) 유형은 사회 역사적 삶의 주체인 인간의 활동 범주로 구분된다. 하버마스(Jurgen Habermas, 1929~)는『인식과 관심』에서 인간의 실천 영역을 노동과 상호행위로 보았다. 노동을 통한 삶의 관심은 자연을 통제하려는 기술적 관심으로 나타난다. 상호행위의 관심은 자타를 이해하려는 가능성을 보존하고 확장하려는 실천적 관심으로 보았고, 이런 삶의 관심에 따라 인간의 인식 유형을 구별했는데, 기술적 관심에 의해 유도되는 인식 유형은 경험 분석적 과학이며 실천적 관심에 의해 유도되는 인식 유형이 역사해석학적 과학이라고 말하고 있다.

46) 이상섭의『문학비평용어사전』에 따르면, 미적 경험 대상을 향해 주체자의 시각을 효과적으로 조절하는 것을 미적 거리(aesthetic distance)라고 말한다. 미 인식에서 격정적, 주관적인 감정에 사로잡히면 합리적이고 종합적이면서도 개별적 특징의 집중된 인식에 도달하기가 어렵기 때문이다. 대상을 인식하고 창작하는 과정뿐만 아니라 대상을 창조적으로 감상하는 일에서도 미적 거리는 반드시 필요하다. 따라서 대상과의 거리 갖기는 풍요로운 미적 경험을 위한 전제조건이라 할 수 있다. 이러한 미적 거리는 창작과정에 개입하는 도덕적, 정치적, 종교적 요청뿐만 아니라 재현의 대상과 그 재현의 이데올로기적 목적에 대해서도 일정한 거리 갖기를 필요로 한다. 또한 비극과 희극, 풍자 등의 다양한 미적 범주를 드러내는 미학적 장치로서도 이해될 수 있다. 문학에서는 주로 심리적 거리(psychic distance)라는 말로 사용되는데, 미적 쾌감을 위해서는 심리적으로 적절히 조정된 대상과의 거리가 필요하다는 뜻이다. 대상과의 거리가 부족할(가까울) 때 작품은 지나치게 사적으로 흐르기 쉽고, 대상과의 거리가 초과될(떨어졌을) 때 작품은 관념적으로 치우치는 경향을 보인다. 미달된 거리조정이나 초과된 거리조정은 모두 미의식을 드러내는 데 실패한다. 따라서 서술자 혹은 화자와 작가 사이, 서술자와 작중 인물 사이, 서술자와 독자 사이, 작가와 독자 사이에는 작품의 미적 완성도를 위한 거리조정이 필요하다.

47) 엘리어트(Thomas Stearns Eliot, 1888-1965). 영국의 시인, 비평가, 극작가. 1948 노벨문학상 수상자.

48) 오규원, 『현대시작법』, 문학과 지성사, 1993. P.42.

49) 발레리(Paul Valery, 1871-1945). 프랑스 시인, 비평가이며 사상가.

50) 이백李白(701-762). 당나라 때의 시인.

51) 두보杜甫(712-770). 당나라 때의 시인.

52) 미적체험美的體驗의 기억이란 미를 의식하는 정신 상태를 말한다. 일반적
으로 미의식과 비슷한 의미이지만, 철학적 미학에서는 미의식이라는 말
대신 미적 체험(esthetisches erlebnis)이라는 말을 사용하는 경우가 많다.
심리학적 미학에서 말하는 미적 태도에서의 의식과정과 혼동되지 않도
록 하기 위함이다. 미적체험이란 미적 가치체험을 뜻하는데, 객관적인
측면과 주관적인 측면이 있다. 본질적 계기로서는 미적 직관과 미적 감
정으로 이루어진다. 미적체험에 대한 고찰은 양면에서 고찰되어야 하겠
으나 입장에 따라 상대적으로 어느 한 계기에 치우치는 것을 인정하고
있다. 객관적 주지주의적主知主義的 미학의 입장과 주관적 주정적主情的 미
학의 입장이 있는데, 주관적 주정적 미학에서는 미적 체험의 인식적 계
기나 실천적 계기가 배경으로 물러나고 직감적 정감적靜感的 계기는 오히
려 전면에 나타난다.

53) 공연이나 상영의 목적이 아니라 문학작품으로 읽혀지게 하기 위한 희곡.

54) 유사성類似性의 법칙에 따라 원관념과 보조관념을 치환置換시키는 은유의
기본 원칙.

55) 모리스 메를로 퐁티(maurice Merleau-Ponty, 1908-1961)는 말했다. "의
미는 소재의 우연적 배열 속에서만 생겨난다." 의미가 소재에 내재한다
는 것은 소재가 의미를 실현하는 것이기 때문이다.

56) 이상섭(1937-). 연세대 명예교수.

57) 탈무드는 히브리어로 연구와 배움이라는 뜻이다. 대체로 사람의 도리,
타인과의 관계성, 결혼과 가정, 절제된 육체생활에 대한 권면, 도덕 생활
의 지침, 사회생활을 위한 규칙 등 유대 민족의 종교, 도덕, 철학, 경제
관념과 같은 생활의 지혜를 기록해 놓은 책이다.

58) "시는, 대상을 통한 자아의 인식"이라는 말은 아리스토텔레스가 『詩學』에서 정의한 것이다. 여기에서 대상은 시적 '소재'를 말한다. 인식이 '주제'가 된다.

59) 정지용(1902-1950). 시인.

60) 그리스 신화에 등장하는 크레타 왕 미노스가 지었다는 궁전의 미로.

찾아보기

인명

【ㄱ～ㄹ】

【ㅁ～ㅇ】

【ㅈ～ㅎ】

박정규

『文藝思潮』를 통해 문단에 나왔다. 저서로는 시집『별은 아스피린이다』, 『소프라노의 뜰』, 『꽃 속에는 늘 그대가 있어』, 산문집『Sacred Music에 관한 小考』, 『변심했던 아내를 기억함』, 시론집『박정규의 시 쓰는 이야기』, 고전강해집『시인이 들려주는 명심보감 이야기』 등이 있다. 詩窓 동인이다.

시 쓰는 이야기, 두 번째

초판인쇄 2018년 5월 31일
초판발행 2018년 5월 31일

지은이 박정규
펴낸이 채종준
펴낸곳 한국학술정보㈜
주소 경기도 파주시 회동길 230(문발동)
전화 031) 908-3181(대표)
팩스 031) 908-3189
홈페이지 http://ebook.kstudy.com
전자우편 출판사업부 publish@kstudy.com
등록 제일산-115호(2000. 6. 19)

ISBN 978-89-268-8428-7 93810